단무지와 베이컨의
진실한 사람

단무지와 베이컨의
진실한 사람

김승희 시집

창비

차
례

제 1 부

꿈틀거리다

꿈틀거리다
꿈이 있으면 꿈틀거린다
꿈틀거린다,라는 말 안에
토마토 어금니를 꽉 깨물고
꿈이라는 말이 의젓하게 먼저 와 있지 않은가

소금 맞은 지렁이같이 꿈틀꿈틀
매미도 껍질을 찢고 꿈틀꿈틀 생살로 나오는데
어느 아픈 날 밤중에
가슴에서 심장이 꿈틀꿈틀할 때도

괜찮아
꿈이 있으니까 꿈틀꿈틀하는 거야
꿈꾸는 것은 아픈 것
토마토 어금니를 꽉 깨물고
꿈틀꿈틀
바닥을 네발로 기어가는 인간의 마지막 마음

단무지와 베이컨의 진실한 사람

친절한 사람
꼭 나를 속이는 것만 같아
친절한 사람은 피하고만 싶다
진실한 사람
내가 들킬 것만 같아
진실한 사람 앞에선 늘 불안하다

나는 친절하지도 진실하지도 못하다
속에 무엇이 있는지 본심을 모르는 사람은 무섭고
진심으로 오는 사람은 진실의 무게만큼 무겁다
변심을 하는 사람은 위험하고 변심이 너무 없는 사람도
박제…… 아니다, 아니다, 다 아니다

차라리 빨리 나는 단무지나 베이컨이 되고 싶다
진심은 복잡하고 입체적인데
진심을 감당하기엔 내내 모가지가 꺾이는 아픔이 있다
내장과 자궁을 발라내고
단무지나 베이컨은 온몸이 조용한 진심이라고 한다면
진심은 한낱 고결한 사치다

말하자면 본심의 배신이자 돼지머리처럼 눌러놓은 꽃
이다

　프로이트의 박물관처럼 본심은 어둡고 원초적이고
　진심 뒤에는 꼭 본심이 도사리고 있는데
　세상을 움직이는 것은 진심이 아니라 본심이다
　거기까지는 가보고 싶지도 않고 숨겨진 본심이 나는 무
섭다
　과녁에서 벗어난 마음들을 탁 꺾어버릴 때 나오는 진심,
　허심이란다
　적어도 단무지는 뼛속까지 노랗고 베이컨은 앞뒤로 하양
분홍 줄무늬다

　무엇을 바라는가
　내일이 없는 지 오래되었는데
　무엇을 바라는가
　진심이 바래 섬망의 하얀 전류가 냉장고 속에 가득 차 있
는데
　무엇을 바라는가

단무지와 베이컨 이후는 생각해본 적이 없는데
무엇을 무엇을 무엇을 더 바라는가

단무지는 단무지 사바나는 사바나 단무지는 사바나

친근하고 낮은 가난의 막통 속에 절여지는 단무지
소금과 식초의 쓰라림 속에 진저리를 치며
치자 물을 곱게 들여 온몸이 노란 단무지
단무지 위에 다른 단무지가 얹혀 있다
가슴이 다른 가슴에 얹혀 있는 것처럼

단무지는 단순 무식 지랄의 줄임말이라지
뼈도 녹인다는 소금 식초 속에 쓰라리게 절여진,
탯줄을 달고 콘크리트 바닥에 내던져져 죽은 신생아와
이 모든 버려진 것들의 비참을 끌어안고
진저리 나는 소금 식초의 사바나의 침묵 속에서

알고 보면 고요한 사바나의 침묵은 정말 더 큰 것을 품고 있다
큰불이 지나고 우기가 오면
사바나에는 탐스러운 풀이 우거지고
숨어 있던 사자가 순하게 풀을 뜯는 얼룩말을 덮치고
악어가 강을 건너는 누떼를 공격하여 창자부터 먹는데
곡소리 하나 없는 푸른 초원

힘의 그늘에서 그늘의 힘으로 관통하는 고요

조용한 것이 평화는 아니지만
낙심과 절망 속에 쓰리다 시리다 아프다 시디시다 짜디
짜다
묵언으로 절여지는 단무지는 단무지
숨죽여 우는 것들 위에 숨죽여 다독이는 것들
단무지의 연관 검색어는
오이 시금치 당근 김 우엉 고추장 멸치 짜장면이라지
무심한 멸치, 무심한 짜장면 옆에 무심한 단무지
죽이고 죽어도 먹고 먹혀도
거짓말이 없어 차라리 좋은 사바나의
원초 옆에 원초
식초 옆에 식초

그리하여 이 망할 놈의 세상은
온통
단무지는 단무지 사바나는 사바나 단무지는 사바나

2월에 동백꽃은

2월은 좀 무언가가 부족한 달
동백꽃은 한떨기 한떨기 허공으로 툭 떨어진다
떨어져서도 꿈틀대며 며칠을 살아 있는 꽃 모가지
낙태와 존엄사와 동반자살, 그런 무거운 낱말을 품고
선홍빛 꽃잎, 초록색 잎사귀
툭, 동백꽃은 모가지째로 떨어져 죽는다
부활이란 말을 몰라
단번에 죽음을 관통한다

더이상 퇴로는 없었다
칼로 목을 자르자 하얀 피가 한길이나 솟구치고
캄캄해진 천지에 붉은 꽃비가 내렸다는
겨울 속의 봄날
산 채로 모가지가 떨어지고
모가지째로 허공을 긋다가 땅바닥에 툭 떨어져
피의 기운으로 땅과 꽃봉오리는 꿈틀대고

한떨기 한떨기가 피렌체 르네상스 같은 동백꽃,
너무 아름다워 무서웠던 파란 하늘 아래

꽃의 성모 마리아, 빛나는 한채의 두오모 성당의 머리를
들고
　툭, 무겁게 떨어지는 동백꽃

　여한 없이 살았다
　여한 없이 죽었다
　불멸이란 말을 몰라 날마다 찬란했다

엉겅퀴꽃

과거는 늘 외상값을 갚으라고 말한다

외상값을 갚아야 하는데
외상값을 못 갚고 사는 사람의 괴로움도 있지 않겠나
생각 좀 해봐라

수도원에 들어가서 남은 세월 참회나 하고 살까

뭐, 참외? 너 그 나이에 참외 농사는 못 지어
힘들어서
참외 농사가 얼마나 힘든데

엉겅퀴는 가시가 자기를 찔러 더욱 풍성하게 자란다
가시가 많은 꽃이 색채가 진해진다고 하는데
가시엉겅퀴, 까시엉겅퀴, 바늘엉겅퀴 꽃은 진한 자줏빛

참외 농사를 지을까 엉겅퀴꽃밭을 만들까

외상값이 하루하루 가속도를 붙여 올라간다

엉겅퀴에서 무화과를 따겠느냐?
빚 중의 빚은 사랑의 빚이라는데

에잇, 외상값 떼먹은 년
외상값 떼먹고 도망가고도 오늘 웃고 있는 년

속으로 할 말은 많으나
외상값은 어쩔 수가 없는 엉겅퀴,
하얗게 두른 뾰죽한 가시로 자기를 찌르며
안 아픈 척 더 풍성하게 피어 올라가는 야생으로 진한
자줏빛 두상화(頭狀花)

공항에 가서 보면

공항에 가서 보면
인생 참 간단한 거야
Departure
Arrival
그렇게 어느 한 문을 골라
총총 문밖으로 나가는 사람들
각기 문안으로 들어오는 사람들

떠나는 것에는 홀림이 있고
도착하는 것에는 설렘이 있지
소리 없이 외치는 공기의 환호성
중력을 끊고 위로 이륙하는 사람과
중력을 잡고 아래로 착륙하는 사람들
온갖 일을 다 겪으며
우왕좌왕 살다가
Departure
Arrival
어느 한 문으로 총총

죽음이 두려운 것은 천국은 미리 비자를 주지 않고
가서 도착 비자를 받아야 한단다
아직 죽지 않았으니 알 수 없는 일이지만
가서 도착 비자를 못 받으면
영영 환승 통로에서 빙빙 돌아야 한단다
긴 시간을 무궁의 미로 속에 처형받아야 한단다

같이 죽자는 말

그런 말을 해보았는가
같이 죽자는 말

사랑이 없으면 못하는 말
사랑이 있어도 못하는 말
차라리,라는 검은 말이 깊은 밤 문장의 마차를 몰고 가
는 말

어찌하다가 같이 죽자는 말
번개같이 예쁜, 정신이 번쩍 드는 섬광의 말
그럼에도 언제나 빛은 있다는
검은 바다를 끌고 푸른 나팔꽃을 지나가는 새벽의 말

그런 말을 들어보았는가
차라리,라는 말을 구원하는 것은
오히려,라는 말이라고

꿈과 악몽으로 이루어진 삶의 문턱에서
찢어진 레테강의 물결을 두 손에 뚝뚝 들고서

때로 침몰의 반대편으로 힘껏 가자는
오히려,라는 그 기적의 말

맨드라미의 심연

영화 같은데 영화는 아니었다
병원은 분주한데 빨간 맨드라미꽃밭이었다

뱅크시의 낙서 그림 같은 콘크리트 벽에 그려진
부러진 횡격막과 다친 심장의 빨간 피

결코 분업할 수 없는 고통이라는 것
나의 고통은 연년세세 나만의 고통인데
갑자기 붉은 맨드라미꽃밭이 두 팔을 살짝 들고 나만 들
리게 부르는 것 같았다
만세는 함께 부르는 것 같지만 실은 혼자씩 부르는 것이다

울고 울고 울다가 스스로 끓는 물이 되어 한 톤 트럭의 달
걀을 다 삶은 물불 모르는 눈물이 있었다
온 천지가 빨간 불이었다

어쩔 줄 모르고 갑자기 온몸에서 불이 난 빨간 불이 되
었다
맨드라미의 심연 같은 환희의 약용의 힘!

사랑을 깨닫기까지 욥기 42장이 걸렸습니다

옷걸이가 보이는 풍경

강물 앞 빨랫줄에 빈 옷걸이
가득 줄지어 일광욕에 걸려 있네
옷은 없는데
옷걸이가 얌전하게 줄지어 목을 걸고 서 있네

옷걸이가 많이 있어
빈 삼각형 목 안에 바람을 걸고 달그락거리며
옷걸이에 옷은 없고
옷을 걸쳤던 사람의 빈 어깨가 어른거리고 있네
흑백사진 같은, 아무 옷이나 걸면 되지만

굳이 다른 옷을 걸지 않고
빈 옷걸이만 줄지어 걸어놓는 마음
빈 옷걸이 삼각형 속으로 바람이랑 갈대랑 희미한 벌판이
흔들리며 지나가고
오도 가도 못하고
수평선의 마지막 변경에서
옷걸이에 걸려 있는 그 마음

없는 것은 있고
있는 것은 없네
피차간에 피안의 경지를 모르고 헤매는
옷걸이에 걸려 있는 그 마음
매일 자라는 머리카락같이 부재가 기르는 아득한 마음

팽이의 초상

폐업 정리, 코로나 직격탄, 임대 문의
밀라노 패션 90% 할인, 고급 액세서리 공짜, 하이키 운동
화 5000원
줄줄이 상점 문에 어설프게 붙어 있는 종이쪽지
가발이 떨어진 채 비스듬히 유리창에 기대어 밖을 내다
보는
미녀 누드 마네킹의 눈에
파란 냉수가 가득 차 있다

폐업한 상점의 주인 남자가
제 그림자를 깔고 앉아
옆 편의점 사장이 작별 인사로 준 아이스크림콘을 손에
들고
길바닥에 앉아 팽이처럼 돌려본다
매출액 0원, 죽기 직전까지 왔습니다
팽이는 돌고 싶다 돌고 싶다 고꾸라질 정도로 돌고 싶다

팽이 같은 아이스크림콘을 돌려보며
어린 시절 논밭이 얼어붙은 빙판에서

위태롭게 팽이가 돌아가던 광경을 생각한다
(뼈로 만든, 견인주의의 성자)
삐뚤빼뚤 삐뚤빼뚤, 팽이는 입이 돌아가고 자기 얼굴을
자기가 먹고
먹힌 얼굴을 잡으려고 몸이 자꾸 돌아가는 일인이역의 론
도를 닮았다

남자가 눈을 떴을 때 회전하던 팽이는 녹아서 사라지고
도로가 페이지를 넘기듯 위태롭게 넘어간다 넘어간다
넘어가는 그 자리에 우윳빛 물이 살짝 고였는데
고요한 증발 사이
햇빛만 눈부셔 눈을 찌른다
시절을 잘못 만나 아이스크림콘 팽이,
폐허에도 해방의 영역이 있으니 해방에도 폐허의 영역이
있겠지

오늘은 이만 쓸게요 여기서 그만,

밤의 물방울 극장

배의 검은 유리창에 물방울들이 소리 없이 매달려 있다
음이 소거된 밤의 유리창에는 지옥도 천국도
한편의 심야 영화 같고
유리창에 아직 맺혀 있는 물방울
단 하나의 눈동자, 클로즈업,
물방울은 지금 안을 고요히 들여다보고 있다

막차를 탄 사람들 사이엔 어떤 비애와 너그러움이 흐르
는데
어떤 물방울에도 이야기가 많겠지만
물방울은 물방울끼리 손목을 잡고 주르륵 굴러떨어지고
카날 그란데, 베네치아 밤물결에 별빛이 굽이친다
배 유리창에는 물방울 속에 피곤한 사람들의 모습이 겹
쳐져
밤의 풍경이 되어간다
카도로! 카도로! 뱃사공의 소리가 밤을 울리고
물방울은 주르륵 굴러떨어져 대운하의 물결에 합류한다

이 허무의 무대에서 굽이치는 물결만이 영원한 것처럼

죽음은 이렇게 밤의 인물화가 풍경화가 되어가는 과정
풍경이 된 모든 밤이 아름답고
배를 타고 더 가야 하는 사람들이 있는데
파도는 높고 바람은 강하고
아무것도 기억 못하는 물방울
이름도 고향도 없는 물방울
유서도 유산도 없는 물방울

베네치아의 밤은 카날 그란데를 흘러가고
강물은 흐르고 사람은 가고
찰칵, 카메라 셔터 누르는 소리
외롭게 라이터 켜는 소리
왈칵, 별빛 쏟아지는 소리
등대도 없는 밤바다에 물방울은 심야 극장을 이루며
캄캄한 바다 저 너머로
검은 관처럼 출렁출렁 흘러가고 있다

오월 모나리자의 미소

타버린 숯에서만 흘러나오는 절창이 있다
뼈를 대패로 깎으며 살아온 세월이 있다

재학아, 문재학아, 계엄군이 들어온다는 날
아들을 찾으러 도청에 나갔어요
도청에서 나를 만난 재학이가 말해요
엄마, 창근이가 죽었는데 나만 집에 가면 되겠냐고 물어요
엄마는 할 말이 없었다
친구가 죽었는데 내 아들만 데리고 가면 되겠나, 그런 생
각이 들어요
그래서 도청에서 나 혼자 나왔어요
재학이는 그날 도청에서 죽었어요
(내가, 내가…… 사람일까요?)
(이런 사람도…… 어머니일까요?)

흰민들레밭을 머리에 인 오월 어머니는
피렌체의 모나리자보다 더 아름답다
거느릴 것 다 거느리고 누리는 평화가 아니라
살아서 육탈한

그 가슴에 신에 대한 질문을 가졌기 때문에

흰민들레 같은 어머니의 잔잔한 미소는
인간의 법정에서
인간의 얼굴들을 하얗게 만들었다

뼈를 대패로 깎으며 살아온 시간
움직이지 않는 절대 그날, 오늘도 그날,
그녀의 기억은 원근법조차 허용하지 않았다
신의 법정에서 신은 그녀에게 무엇을 되돌려줄 것인가?

고요한 밤 거룩한 밤

칼바람이 몰아치는 추운 겨울밤
할머니 혼자 사는 어둠에 묻힌 집
뒷마당 부엌문 쪽에서 똑똑 노크하는 소리가 나서
관절에 고드름이 서걱이는 다리를 끌고
할머니는 부엌문을 열어보았다

하얀 개가 방금 태어난 새끼를 입에 물고
할머니한테
새끼 낳은 소식을 전하려 했다
할머니는 자기도 모르게 무릎을 꿇고 앞으로 쏟아지며
새끼를 두 손으로 받아 안았다

품 안에 새끼를 안고
할머니는 앞마당으로 나가보았다
비닐 휘장이 젖혀진 개집 속에
다른 새끼 네마리가 모락모락 김을 내며 누워 있었다

고생했구나, 혼자 애를 낳았구나
할머니는 어미 개의 머리를 자꾸 쓰다듬으며

혼잣말을 했다
맛있게 미역국을 끓여
호호 불며 두 손으로 어미 개 앞에 놓아주었다
새끼들이 조롱조롱 어미의 젖을 물고 있었다

사랑의 전당

사랑한다는 것은
엄청나게 으리으리한 것이다
회색 소굴 지하 셋방 고구마 포대 속 그런 데에 살아도
사랑한다는 것은
얼굴이 썩어 들어가면서도 보랏빛 꽃과 푸른 덩굴을 피워
올리는
고구마 속처럼 으리으리한 것이다

시퍼런 수박을 막 쪼갰을 때
능소화 빛 색채로 흘러넘치는 여름의 내면,
가슴을 활짝 연 여름 수박에서는
절벽의 환상과 시원한 물 냄새가 퍼지고
하얀 서리의 시린 기운과 붉은 낙원의 색채가 열리는데

분명 저 아래 보이는 것은 절벽이다
절벽이라는 것을 알고 있다
절벽까지 왔다
절벽에 닿았다
절벽인데

절벽인데도
한걸음 더 나아가려는 마음이 있다

절벽에서 한걸음 더 나아가려는 마음
낭떠러지 사랑의 전당
그것은 구도도 아니고 연애도 아니고
사랑은 꼭 그만큼
썩은 고구마, 가슴을 절개한 여름 수박, 그런
으리으리한 사랑의 낭떠러지 전당이면 된다

진혼의 다리를 건너는 봄에 빨간 사과의 이름을 부르다

검은 바다에 표류하는 하얀 베개들,
세상이 온통 거대한 병동이니까요
하얀 방역복을 입은 의사들,
마스크와 마스크로 대화하는 마스크,
묵시록을 가득 실은 트럭이 다리 앞에 줄 서 있고
도시 곳곳엔 해파리를 닮은 괴물이 일렁거리며 나타난다
폐가 금세 하얗게 불타버렸어요, 재가 되었어요
이탈리아의 성모마리아상도
리우데자네이루의 예수상도
소녀상도 하얀 마스크를 쓰고 있어요

세계는 다 함께 비참과 진혼의 다리를 건너간다
관 뚜껑으로 뗏목을 타고 간다
필사적으로 찢어지는 세계를 막아서며
들들들 들들들 이를 갈듯 재봉틀 돌아가는 소리

천사들이 외출하고 돌아오지 않는다
술을 뿌려라 꽃도 뿌려라
중력에 휘어잡혀 끌려가는 무겁고 캄캄한 몸

인류의 어느 사과밭에선 지금도 맹렬하게 사과가 자라고 있으리라

홍로, 홍옥, 국광, 후지(부사), 아오리, 미야비, 감홍, 추광, 홍월, 슈퍼홍로, 홍로와 추홍의 교배로 만든 선홍, 후지와 쓰가루를 교배한 시나노스위트, 방울사과 메이플, 스칼렛서프라이즈, 파이어크래커, 골드러시, 알프스오토메, 아칸서스블랙, 섬머킹, 백설공주 독사과, 꽃사과 제네바, 스칼렛센티널, 미얀마후지, 로열부사, 후지와 세계일을 교배하여 화홍, 자홍, 후브락스, 갈라, 레드딜리셔스, 프르미에루주, 멜로즈, 핑크레이디, 로열갈라, 조나레드…… 그리고 아직도 꿈속에서 만나는 이름 모르는 사과들

지금은 봄의 초순, 사과는 이제 시작이다, 진혼의 다리를 건너가는 봄에 나는 빨간 사과의 이름을 부른다, 어느 산비탈 아래 이름 모르는 밭에서 아직도 맹렬하게 자라고 있을 이름 모르는 빨간 사과에 이름 모르는 사랑을 걸고 싶다

작은 영생의 노래

어느 나라에서는 사람은 세번에 걸쳐 죽는대요
첫번째는 심장이 멈출 때
두번째는 흙 속에 몸을 매장할 때
세번째는 나를 기억하는 사람들이 다 세상을 떠날 때

사람은 쉽게 죽어 사라지는 게 아닌가봐요
나를 사랑하는 사람들이 다 죽기까지는
시간이 많이 필요하지요
심장도 많이 필요하고요
그때까지는 살아 있는 거라고요

공갈 젖꼭지 같은 것은 아니고요
아무 생각 없을 때도 몸에서 계속 자라나는
머리카락이나 손톱 발톱처럼
그렇게 당신은 내가 살아 있는 동안
면면히 자라나는 작은 영생, 잠시의 영원이라고요

8일의 기적

여보세요? 네?

해인이니? 해인아? 해인아…… 엄마가 지금 응급……

네? 여보세요? 화장품 회사요?

네, 여기 경기도에 있는 화장품 회사인데요,

화장품 사시라는 말이 아니고요

전화가 혼선이 됐나봐요

왜 그러시죠? 저, 지금, 여기

화장품 사시라는 말이 아니고요, 저, 여보세요?

제가 지금 응……

8일의 기적이라고 들어보셨죠?

8일의 기적요,

네? 8일의 기적요? 못 들어봤는데……

환자분, 지금 초음파, 흉부방사선과 앞으로……

저, 지금 통증이 심해요, 왜 이렇게 세상이 노랗죠? 개나
리꽃밭이 머리 위로 무너지는 것……

8일의 기적이란 말이죠, 줄기세포 화장품……

여보세요? 왕인아?

여기 전화 들어오는데요, 좀 끊어주시겠어요? 왕인아, 엄
마가 응급……

제 말 좀 제발 들어주세요, 화장품 사시라는 말이 아니고요,

전화가 혼선이 됐나봐,

세상이 노랗게 돌고 있네, 이건 꿈이지, 꿈이겠지, 아니 이건 꿈이다,

줄기세포 화장품,

영원히 죽지도 않고 늙지도 않는

신생아의 피부를 회복할 8일의 기적

신생아로 돌아간다니까요,

여보세요? 제가 지금 좀 통증이……

하늘이 노랗다니까요,

코기토가 분해되려고 하는데

무, 무, 무, 무란 반드시 결함은 아니다

전화 좀 제발 끊어주세요,

신은 6일 만에 세상을 창조하셨고 7일째에는 안식을 취하셨잖아요,

그런데 신이 완전 오류가 없이 인간을 창조한 게 아니라서

이브는 신이 직접 창조한 것도 아니고 아담의 뼈……

8일째가 되면 벌써 약간 고장이, 리멘딩, 수선을……

피조물은 참 고독하죠,

(인간으로 태어나서 참 미안하죠)

창조 후 8일째부터 존재의 손상이 오잖아요

8일의 기적이

신생아의 피부로……

여보세요, 해인이니? 해인아? 왕인아

제발 전화 좀 끊어주세요

제발 제 말 좀 들어주세요

눈을 깜박이는 사람

이 어두운 세상에 빛을 만드는 사람
눈을 깜박이는 사람
빛을 뿌리는 사람
별빛을 내뿜는 사람
순백의 눈송이를 반사하는 사람

영화 「인턴」에서 70세의 벤은 인터넷 패션 쇼핑몰을 만들
어 눈부신 성공 신화를 이룬 30세의 사장님 줄스의 인턴으
로 취직을 한다 열정적인 줄스가 눈을 깜박이는 사람을 좋
아한다는 말을 듣고 70세의 벤이 거울 앞에서 눈을 깜박이
는 연습을 하던 장면
깜박깜박, 깜박 깜박 깜박……

이 참혹한 밤에 찬물로 빨래를 하는 사람
오래된 시장통에서 파란 불꽃을 튀기며
산소용접을 하는 사람
가는 곳마다 토마토 씨앗을 뿌리는 사람
옷이 아니고 살이 아니고 뼈에 등대를 켜는 사람

눈을 깜박이는 사람

시인의 거짓말

하늘의 별은 내가 다 심었지
시인은 가끔 거짓말을 하네
하늘의 별을 포기 포기 심느라
어제 잠을 한숨도 못 잤지
흙 묻은 손을 보여주며 밤새워 어둠 속에서 밭일하던 시인
손톱 밑에는 반짝이는 별의 금물이 들었네

마취총에 맞아서 하루하루 비틀대며 가는 사람들
불안의 마취총에 맞아, 분노의 환멸의 마취총에 맞아
늑골이 너덜거리는, 넝마의 몸으로
너덜거리며 거리를 내려갈 때
마취는 사라지고 총알만 남아
쓰러진 술병에 갇혀 나뒹구는 얼굴이 파란 황폐의 환자들

시인은 가끔 거짓말을 하네,
지상의 쌀은 내가 다 키웠다고
희망은 잉크보다 피에 가까운 물이고
피에는 이름이 있다고
논밭 사이사이를 찰랑찰랑 흘러가며 상냥하게 인사하는

심장의 더운 물,
태양과 비와 바람이 하는 일을 내가 다 했다고

분만에 대하여

2018년 4월 뉴욕 MoMA에서
'On My Birth'라는 제목의 카르멘 위넌트의 사진전을 보
았다
처음 보는 사진작가였는데
오래된 잡지나 책에서 분만의 현장을 찍은 사진들을 찾아
그 이미지들을 모으고 조합하여 콜라주 방식으로 만든
대작이었다
양쪽 벽면을 가득 채운 이천개가 넘는 출산 사진에선
살이 찢어지는 피비린내가 자욱했고
생사의 현장에서 벌어지는 검열되지 않은 리얼리티,
달덩어리처럼 둥근 배가 터질 것 같은 산모의 비장한 모
습과
여인이 베개에서 울고 남편의 팔에서 무너지며
밀어내! 밀어내! 소리와 다리 사이에서 몸을 꺼내는 장
면들,
너무나 비참하기에 문화가 음소거를 시킨 장면들,

노인 같고 원숭이 같은 빨간 아기의 얼굴,
백인종, 흑인종, 황인종, 히스패닉,

인종에 관계없이 다 비슷한 얼굴,
눈을 질끈 감고 있으며
끈적끈적한 양수가 묻었고 검붉은 피가 묻었고
혐오의 표정, 찡그리고 있고 주름이 자글자글하고
좁디좁은 산도를 급박하게 돌고 돌아
폐쇄공포증을 넘어 개방공포증으로 벌벌 떠는,
염세주의자 같은,
앞으로 감당해야 할 생로병사의 고통이 절절한
출산의 전쟁에서 타인의 살을 찢고 태어난 생존자들
그래서 다들 주먹을 꽉 쥐고 울고 있지 않느냐
이천명의 여인들이 아이를 낳고 있는 그 피비린내 현장
에서

"Ha Hoo Ha Hoo······ Hoo Ha Ha, Ha Hoo"
하 후 하 후······ 후 하하, 하 후
분만 시 호흡 연습으로 내는 격한 숨소리가 전시관을 가
득 울리는 듯
격하다, 급박하다, 숨이 끊어질 것 같다, 노랗게 하늘이
돈다,

자궁막이 찢어진다, 양수가 흐른다,
힘주세요, 더 더 좀더 힘주세요, 밀어내!
힘 더 줘요, 아기 머리가 끼어요, 더 더 더 힘줘요, 밀어내!
밀어내! 하 후 하 후…… 후 하하, 하 후
배 속에서 급박하게 아이가 돌고
삼십오년 전에 내가 너를 낳았지, 딸의 팔을 잡으며
이천명 여인들의 분만의 고통으로 내가 토할 것 같고
하늘이 빙빙 돌아 막 쓰러지려고 하는데

그 카르멘 위넌트의 사진전 옆 전시관에
모네의 수련이 푸르게 한 벽면을 가득 채운 채
투명한 햇살 아래
흰색 수련 붉은색 수련이, 세상의 모든 빛과 색을 품은 채,
물 위에 떠 있는,
순간적인 빛의 반짝임과 고요한 충만이,
짐승의 세계에서 신의 세계로 들어온 듯 안도감을 느끼
면서
햇빛 넘치는 수련 앞에서 딸과 사진을 찍고 웃다가
생사의 선을 넘은 듯 탈진한 몸으로

MoMA를 걸어나오는데

하 후 하 후…… 후 하하, 하 후
이천명의 여인들과 함께
내가 딸도 낳고 모네의 수련도 낳은 듯했다

제 2 부

모란의 시간

무슨 시간
어느 시간
모란이 핀 시간
무슨 시간
어느 시간
세상 모두 숨죽여
너도 없고 나도 없고
멀리 모란의 숨결이 불어오는 시간
무슨 시간
어느 시간
한밤중에 홀로
경련으로 몸이 출렁이는 시간
무슨 시간
어느 시간
뭐 이런 시간
뭐 이런 절벽
뭐 이런 벼락
죽을 수도 있는 시간
죽어가는 어떤 시간

세상의 모든 것이 다 숨을 죽이고
꿈틀거리는 심장 홀로
모란만 남는 그런 시간
모르는 숨결이 슬쩍 칼처럼 지나가는 시간
모르는 숨결이 슬쩍 칼처럼 들어오는 시간
무슨 시간
그런 시간
모란이 핀 시간
무슨 시간
그런 시간
망할 놈의
모란이 뚜욱 떨어지는 시간

꽃이 친척이다

오늘
시계 없는 시간이 파란 하늘로 흐를 때
뻐꾸기시계 소리가 새 달력 위로 쏟아질 때
초침이 머리칼을 지나 침대 아래로 녹아 떨어질 때
배가 새고 있어요
종잡을 수 없는 부르짖음이 점점 더 가까이 다가올 때
절벽 위에 핀 꽃들이 경련하며 쏟아질 때

종잡을 수 없는 종다리의 노랫소리가
종잡을 수 없게 숲을 흔들어놓고 사라질 때
그 종다리 소리에 피가 뛸 때
갑자기 꽃이 혈연이라는 것을 느낀다
예전에도 그런 생각을 한 것은 아니었다
종잡을 수 없는 종다리의 노랫소리가
땅도 시내도 나무도 산도 쪽빛 바다 갈대숲도
다 흔들어놓을 때
저녁에 산 너머로 뚝뚝 떨어지는 해도

그래, 죽음은 얼마나 가까이 있는 것인가

하늘도 구름도 땅도 바람도 아카시아 라일락 향기도
혈연보다 가까운 나의 일부
꽃이 친척이다, 느껴질 때
종잡을 수 없는 죽음은 종잡을 수 없게 가까이 와 있다

지상의 짧은 시

세계, 세상, 이런 말들을 이렇게 저렇게 써본다
어딘지 모자이크의 모서리가 딱 아귀가 맞지 않는 것 같아
세상, 세계, 이런 말들을 원고 귀퉁이에 좀더 끄적여본다
시계는 새벽 3시 33분 33초
필사적으로 개미들이 기어가는 것 같다
이를 악물고 배를 움켜쥐고 가는 것 같다
술에 취했는지 허리가 끊어지게 웃고 가는 것 같다
디지털시계 덕분에 우리는 시와 분초까지 알게 된다
뭐 꼭 그렇게까지 알고 싶은 것은 아닌데도
어떻게 보면 진주와 산호를 키우는 세상
모래밭에 일그러진 진주도 섞여 있는
세상, 세계
내가 그런 것들을 다 아는 것도 아니고 다 알 수도 없지만
뭐라고 불러야 할까
우리에게 주어진 이 세상, 이 세계
하루 종일 땀 흘리고 수고하고
뺨도 때리고 뺨도 맞고
저녁에 해 떨어지는 시간에 어렴풋이 이해가 되었다
지금, 여기는, 지상이라고

모자이크의 모서리가 딱 아귀에 맞지는 않지만
슈만의 『시인의 사랑』도 있고
『세계는 넓고 할 일은 많다』는 책도 있는
모차르트도 비발디도 남편도 살고 갔던

피로 물든 방의 론도 카프리치오소

가해자가 피해자를 보면 미안해하고 부끄러워할 것 같은데 세상에는 이상하게도 피해자를 더 조롱하고 더 공격하고 더 짓밟는 가해자들이 있다 가해는 한번으로 끝나는 가해는 없고 가해가 가해를 하고 가해가 가해를 한다 그러면 피해자는 또 죽어야 한다 피해자는 피해자가 된 죄가 있다 피로 물든 가슴을 안고 죽고 죽고 또 죽어야 한다 이러니 피해도 한번으로 끝나는 피해는 없다 가해자와 피해자는 피로 물든 방에 영원히 갇혀야 한다 서로 묶이고 서로 걸려 있다 이 피로 물든 방에서 어떻게 나갈 수 있을까? 왜 가해자는 미안해하거나 부끄러워하지 않고 가해에서 석방되지 않으려고 하는 것일까? 왜 가해자는 피해자를 피해에서 석방되지 못하게 가로막는 것일까? 왜 가해자는 피해자보다 유들유들 건강하고 유복하고 장수하고 돈도 많을까? 피해자는 피해자가 되는 죄를 지었기에 남은 것은 영원히 피로 물든 방밖에 없나

진실은 닫힌 문처럼 열고 나가는 문이 없다 진실 때문에 피해자는 이 닫힌 지옥을 나가지 못한다 소녀상의 맨발은 얼음 땅에 꽉 묶여 있다 지옥은 진실을 해방시키지 못하게 하는 피해자의 닫힌 문이다

나이아가라폭포

발등에 떨어진 불을 이끌고 길을 나선다
푸른 폭포수가 햇빛에 부서지며 하얗게 쏟아져 내리는데
여기는 나이아가라폭포란다
속에서 불이 치미는 사람들은 늘 물을 갈망하는데
창자와 자궁을 다 긁어낸 깊은 몸통 속으로
푸른 첼로의 숨결이 활을 그으며 지나가면
여기서는 일분일초의 영원을 볼 수 있단다
무지개가 동시에 몇개씩 뜨고
과잉된 절망의 벽시계를 껴안고 하늘로 날아가는 빛의 천
사들

그런데
그래, 우리는 모두 타이타닉호에 예약된 사람들
결코 아무도 그 예약을 취소할 수가 없는데
순간이 기뻐서 햇빛에 어룽대며 미친 듯 춤추는 물방울,
  머리카락에 반짝이는 물보라를 두르고 폭포수 앞을 걸어
가는 사람들이여,
  아무리 발을 굴러도 떨어지지 않던 발등의 불이
  스르르 감겨 제 그림자 안으로 숨고

사람들은 아무나 서로 쳐다보며 해바라기처럼 밝게 웃고
있고
  칠리소스 같은 빛깔의 목걸이를 걸고
  토마토케첩 같은 입술에 미소를 띠고 걷는 사람들
  "아름다운 것을 보면 마음이 선해지지요?"
  "그래요, 네, 네, 그래요"
  그런 미소를 품고 모르는 사람끼리 막 웃으며 걸어갈 때
  휘날리는 수정의 책갈피 같은 폭포수를 보며 물새를 보며
웃고 있는데
  누가 타이타닉호의 앞날을 기억하겠는가

  속에서 불이 치밀다가 이제는
  속이 텅 빈, 현이 네개인, 창자와 자궁을 다 긁어낸
  깊고 맑은 영혼의 몸통 속에 울리는 환희의 송가
  그녀는 가라앉고 있었다, 전설의 첼리스트 자클리느 뒤
프레가
  피아니스트 다니엘 바렌보임을 처음 만나 사랑했을 때도
  그랬겠지, 맑은 시냇물 속에서 찬란하게 뛰어오르는 은빛
송어,

일분일초, 타이타닉호가 예약된 것을 잊어버리고
압도적인 빛의 폭포수 아래서 기쁘게 사랑했겠지

침몰하는 타이타닉호같이 온몸에 마비가 오는 그녀를 버리고
러시아 피아니스트에게서 아들을 둘이나 낳고 사랑한 그를
슬프게 오래 사랑한 자클리느,
발등의 불 같은 사랑, 신경이 마비되어 눈물도 못 흘리지만,
그녀의 막힌 눈물은 푸른 나이아가라를 첼로처럼 연주하고 있네
휘몰아치는 일분일초의 영원,
환희의 송가는
창자와 자궁을 다 긁어낸
타이타닉호
그 넘치는 절망을 마냥 풀어놓은 깊고 맑은 영혼의 몸통 속에 울리니까

백조의 호수 옆에서

고독은 아무리 고독해도
충분하지가 않다
가난은 아무리 가난해도
다 가난하지가 않다
고독한 사람은 주소가 없는 신전에
시간도 없는 신전에 산다
천장에 형광등 하나가 빛을 발하고 있다
고독이 울타리 안에 무럭무럭 자라서
흙의 성분에 따라 여기저기서 다른 색깔로 피어나는 수국
처럼
파란 꽃송이 연분홍 꽃송이 하늘색 꽃송이 결국은 하얀
꽃송이로 되어가며
고독은 도도한 명패를 걸어둔다
어처구니없게도 고독은 가난조차도 도도하다
춤추며 몸을 떠는 백조처럼 차고 도도하다
닫힌 방에 꽃이 너무 만발하면
꽃이 공기를 다 먹어치워 캄캄한 폐에 당도한다
고독은 그런 병을 가졌다
벌레도 꿀벌도 없는 꽃이 되어가는 병이다

닫힌 문의 고독은 그렇게 질식의 경지에서 만발한다
고독은 그렇게 고독사가 된다

미역국이 있는 집

오늘 네 생일인데 미역국 좀 끓여 먹어

뉴욕에서도 미역 팔잖아,

한인 마트에 가서 한우 사태나 양지머리 사서,

여기 카이로, 거리에 더운 하얀 전기가 가득 차 있다

말하고 나니 사막 도시의 거리에

파란 미역이 흐느적흐느적 춤추며

흘러오는 것 같다

미역이 걸어서 오니 바다도 따라오는 것 같다

해피 버스데이 투 유!

오늘 하루 미역이 되어 나일강 변에서 춤을 추어도 좋겠다

미역은 좋아, 파란 물속에서 부드러운 춤을 추는

미역귀 미역머리 미역의 손 발 허리 엉덩이 모두 부드럽
고 푸르잖니

또 미역국은 얼마나 좋아, 실패한 사람을 따뜻하게 위로
해주는 국,

미역국을 먹을 땐 미역국을 잘 먹어야 한대

미역국을 잘 먹어야 다음엔 성공한단다,

우리의 영혼을 위로해주는 치킨수프

캠벨 통조림 깡통에 그런 광고 문구도 있었지만

우리의 소울 푸드는 미역국,

미역국에는 '다음'이란 말이 고소한 참기름처럼 방울방울 떠 있다,

집은 장소가 아니라 미역국이 있는 곳

한데 오늘은 엄마에게도 딸에게도 미역국이 없어

아들딸 생일에 미친년처럼 꼭 해외여행을 하고 있는 엄마

미역국이 있는 우리의 집은 어디에 있나?

다시 보자, 집에서

오늘은 그냥 미역국 한그릇 뚝딱해서 먹고

토마토 씨앗을 심고서

시골집을 떠나오면서
죽거나 살거나 너 알아서 해!
밭 귀퉁이에 토마토 씨앗을 심고 물을 한번 흠뻑 주고
손으로 살살 흙을 다독여주었다
이쁠 것도 귀할 것도 없는 토마토 씨앗
식목일 즈음에 주유소에서 나눠주던

가족이 급히 입원하여 사계절의 한토막을 팽개치고
홍수가 크게 나서 그 동네가 수몰되고 지형이 비틀어질
정도로
땅이 일탈된 것을 텔레비전에서 보고
가보기는 해야지, 토마토에 대해서는 기억도 못했다

여름날이 지루하게 오래 타오를 때
가족의 입원이 길어지고 있어서
먼저 홍수에 다친 집이라도 보려고 구불구불 산길을 돌아
서 갔다
계곡 쪽 진입로가 무너져 실낱같이 남의 집 땅을 거쳐서
들어갔다

밭 귀퉁이에 뿌리를 둔 토마토 줄기가
거기서부터 시작하여 줄기줄기 땅을 기어가고 있었고
토실토실한 토마토들이 주렁주렁
땀을 흘리며 빨갛게 익어가는 중이었다
아깝게도 땅에 닿은 토마토의 뺨은 욕창이 나서 썩고 있
었다

병원에 입원한 가족을 부르고 싶었으나
그가 오려면 앰뷸런스가 와야 하기 때문에
혼자 토마토의 넘실거리는 화려한 생애를 보고 있었다
토마토는 물결, 무리 지어 흔들리는 하나의 붉은 물결
퇴원을 해서 이리 와야지, 토마토밭으로 입원해야지
토마토 어금니를 꽉 물고서
우리 함께……

썩을 수 있는 육체라는 해방 영역이 슬프고도 무서웠다

한여름의 이장

무덤의 이사를 한다
천막을 치고 삽과 쇠스랑과 집게와 흰 장갑이 놓였다
봉분을 허물고 흙구덩이를 파고
그 안에 뼈와 다른 것을 추린다
어두운 숲속에 빛이 쏟아져 들어올 때의 화려함
사십년 된 무덤 속에
바스라진 해골이 있고 연필만 한 뼈도 있고
작은 은반지도 나온다
살이 물이 된다더니
흙 속에 물이 배어 있고
눈물로 김이 서려 있는 듯했다
그 어디를 보아도 빛이 내리쬐고 있는
한여름 눈부신 빛의 향연 속
한지에 뼈를 모아 사르려고
탄생의 파사드, 수난의 파사드
영광의 파사드를 울리며
화장터로 가는데
갑자기 흰나비가 몸 가까이로 날아온다
나풀나풀 계속 따라온다

붉은 백일홍 꽃잎을 지나
뼈 항아리를 가슴에 안고 언덕을 올라간다
언덕 너머에는 보랏빛을 머금은 라벤더꽃밭이 타고 있다
언덕 위 가족 납골묘를 개봉하자
큰 호랑나비가 어디서 또 날아온다
흰나비와 검은 호랑나비
두마리가 어울려 비석에 앉아
날개를 너풀거리며
일제히 나를 바라본다

갑자기 자오선이 끊어지고
세자르 프랑크와 요한 제바스티안 바흐가
나를 압도한다
하늘이 유난히도 파란 날이었다

백합 자살

작은 방
공기가 가득 차 있다
인간과 인간 사이
캄캄하다
숨 쉬는 족속이 모여 앉아
들숨을 쉬고 날숨을 쉰다
나의 들숨은 세상 누군가의 공기를 빼앗고
나의 날숨은 캄캄한 탄소를 배출한다
인간의 원죄는 뭐니 뭐니 해도 거기에 있다
인간의 조건이다
남의 공기를 먹어야 산다는 그 조건이다
작은 방
백합이 가득 배달되어 온 작은 방
해골 같은 백합이 가운데 거하고 백합은 점점 커진다
백합은 산소를 많이 잡아먹는다
등골이 비틀비틀한다
산소를 먹고 탄소를 내뱉는다
하얀 촉루처럼 아름다운, 백합꽃만 커지는 작은 방
산소를 먹고 캄캄한 공기로 방을 메운다

백합 꽃다발, 백합 화분, 산소용 백합, 성묘용 백합

나쁜 공기

작은 방

아름다운 꽃

산소를 잡아먹고 검은 공기를 내쉬며

백합꽃 같은 원죄로 꽁꽁 묶인

슬픈 족속

작은 방

백합 자살

어쩌면 백합꽃 한송이가 세상의 전부일 수도 있다

백합만 남는다

누가 문을 열어다오

꽃무릇 한채

아무도 없는 산속 집 마당에
꽃무릇 한송이가 피어 있다
지상을 압도하는 붉은 꽃무릇 한송이
숨결이 불 한송이에 붉은 성냥을 그었다
집은 한참 비어 있고
주인은 병석에 누워 오래 병원에 있다고 했지

푸른 잎사귀들은 다 떨어져 흙에 녹았고
처연한 꽃대에
토마토 어금니 같은
꽃무릇 한송이 처절하게 올라왔다

베드로 통곡교회 같다

파란 하늘 두부 두모

오늘은 하늘이 무한정 파랗다
이렇게 하늘이 파란 날에는
꼭 좋은 일이 있을 것만 같다
마트에서 1+1 두부를 사가지고
동네 길을 걸어가는데
담벼락 나무에서 새들이 노래하고 있다
심장 수술을 받고 퇴원한 것을 축하해주려는가
한개 값으로 두부 두모를 받았으니 얼마나 큰 행운인가
나도 모르게 두부 봉지 든 손을 휘휘 저어 허공에 원을 그
리다가
얼마나 소중한 두부인가 멈칫한다

오늘은 하늘이 무한정 파랗다
이렇게 하늘이 파란 날은
죄인들조차 다 석방되어 감옥이 텅텅 빌 것 같은데
찬란하게 드물고 귀한 날
1+1
두부 두모를 가졌으니 얼마나 소중한 심장인가

이방인의 낙타

이방인은 이방인이어서
고향이 없다
이방인은 고향에서도 이방인이기에
고향도 타향이고 타향도 고향이다
그 역(逆)도 가하다
이방인은 주소가 없고
이방인은 논도 없고 밭도 없고 과수원도
저수지도 없고
그냥 점, 이방인은 하늘만 쳐다본다
땅에 재산이 없으니
모든 재산은 하늘에 있도다……
점이 선이 되는 순간을 하염없이 기다리지만
하늘도 그의 소유는 아니다
소유가 아니어도 하늘을 갖는 것은 비난할 일은 아니다
광화문 네거리에 나가서
저것은 내 하늘이다!라고 외쳐보라
아무도 너를 제지하지 않는다
경찰도 군인도 검찰도 의사도 최루탄도 아무도 너를
구속하거나 심판하지 않는다

그것을 보면 하늘이 얼마나 값싼 것인지 알게 될 것이다
무가지 신문처럼 지하철 입구에 쌓아놓아도 손이 안 간다
이방인! 하고 부르면
나는 새가, 하늘의 구름이, 달리는 시냇물이 손을 흔든다
점이 선이 되려는가
이방인에게도 그만큼의 연고는 있다
광화문 네거리 모퉁이에서 커피를 마시고
베네치아 선착장에서 배를 기다리고
뉴욕 맨해튼 예일 클럽에서 시 낭독을 하기도 한다
맨해튼의 고층 빌딩 아래서
저것은 나의 하늘이다!라고 외쳐도
아무도 나를 체포하지 않는다
나는 고발당하지도 않는다
이방인은 현지의 위조지폐,
구름의 언어를 가진다
오직 하늘만이 그의 자취를 안다
그림자처럼 엑스레이 사진처럼
초음파 영상처럼 뿌연 점들이 먼지로 부유하는 환각,
존재의 면적, 김환기나 이성자의 점화(點畵),

이방인들만이 점화를 그리는데
괜찮은 것일까? 점이 점이어도, 점이 선이 되지 않아도
정말 괜찮은 것일까?
자전을 하면서 공전을 해야 좋은 삶이라는데
살기는 살았다
하늘의 낙타
이방인은 구름으로 점점이 사막의 시를 쓰며 간다

헤어롤을 머리에 붙인 밤의 얼굴

새벽에 가끔 빌라 안에 화재경보가 울릴 때가 있다
빌라 사람들이 자다가 뛰쳐나와 5층 5층 하고 수런대며
우리 집 현관문 앞에서 웅성댄다
순간 나는 파자마를 입고 머리에 헤어롤이나 미용 캡을
쓴 이웃들의
시선에 동그랗게 포획된다
나는 관리비도 잘 내고
조용하게 독서나 하고 사는 선량한 시민인데
왜 한밤중에 사생활도 없이 이렇게 급히 노출되어야 하나,

소방서와 경찰서에서 비상대원이 나와서
5층 5층 하며
우리 집에 마구 들어가 불이 났나, 연기 나는 데는 없나,
방마다 샅샅이 조사하고 간다
상황이 부조리극인데
네 개의 방에 방화 혐의가, 아니 화재 혐의가 없고,
읽다 만 책과 접시가 쓰러질 듯 꼭대기까지 쌓여 있다
새벽 세시인 거다

경비실장 말로는 빌라의 화재경보 시스템에서

5층 경고등에 계속 불이 깜박깜박하고 있다는데

허름한 빌라에 사는지라 보안이 허술해서

누군가 계단을 올라와서 5층 화재경보 벨을 누르다 갈 수
도 있고

바람이 한번 눌러볼 수도 있다는 거다

네?

바람이 한번 눌러봐요?

아무튼 경보 오작동이니까요

찢어지는 소리로 화재경보 벨은 고요와 정적을 찢으며

어젯밤에도 나의 사생활을 지배하고 갔다

바람이 초인종을 누를 때

혼란한 붉은 크로키처럼 신경과 혈관은 헝클어지며 부러
진다

바람아 잠 좀 자자,

헤어롤을 머리에 붙인 밤의 얼굴

어디선가

깊고 위험한 초인종의 바람이 부는가

나를 부수는 나에게

미안하게도 사람이 되기 위하여
사람을 부수는 사람
무엇이 되기 위하여 자기를 부수는 나
이렇게 말하면서 무엇을 말하는 자

미안하게도 사람이 벽으로 보일 때
사람이 빵으로 보일 때
사람이 돈으로 보일 때
사람이 팽이로 보일 때
사람이 바위로 보일 때
사람이 개미로 보일 때
사람이 석류 두개골로 보일 때
이 모두가 결국 하나이고
잠시의 영원

이 모든 것을 품고 넘어야 사람은 사람이 되나
사람을 넘는 사람
미안하게도 사랑을 부수어야 사랑이 되나
뜨거운 매미 울음 끓어넘치는 이 더운 미친 여름에

무엇이 되기 위하여 자기를 부수는 나
이렇게 말하면서 무엇을 말하는 자

이건 내 파야

우리에게는 신의 구원을 받을 만한 그 무언가가 있을까,
심판을 용서로 바꿀 만한
작은 것, 아주 작은 것, 선한 것
파 한뿌리
마늘 한쪽
양파 한개라도

그럼에도 함께 천국에 올라가자고
한뿌리 파를 타고 올라오는 다른 사람들을 발로 차며
악다구니하는 여자의 목소리가 들려온다
이건 너의 파가 아니야, 이건 내 파야,
꺼져, 꺼져, 내 파에 매달리지 말고
꺼져, 이건 오로지 나만의 선한 파 한뿌리

자유인으로 죽는 것
곧 죽어야 할 하고많은 사람 중의 한명으로
자유인으로 죽는다는 것
파 한뿌리 때문에
양파 한개 때문에

나의 발 때문에 어려워진다

북 치는 소녀

상여 투쟁이라니, 상여마저도 투쟁이 되는 나라가 있다
억울하게 생목숨이 끊어지는 일이 잦아서일까
북 치는 소녀는 그런 눈보라 속으로
북을 치면서 간다
북소리는
시장통이나 뒷골목이나 양지에나 음지에나
약 가루처럼 떨어져 반짝이며 퍼져간다
곡소리는 아니다
겁먹고 절박한 사람의 숨소리 속으로
빨간 사과 안으로 상여가 들어간다

심장의 두꺼비집에서 전기가 새고 있다
이 누전의 힘으로 심장의 타악기가 울린다
북소리 떨어지는 자리마다
새싹이 움트고 나비마다 춤추며 얼굴마다 눈부시고
환자는 낫고 가난은 맑아진다
향기로운 사과의 반으로 갈라진 빨간 흉곽을 끌고
북 치는 소녀는
눈 내려 반짝이는 등성이를 올라간다

라산스카,

잠시의 영원을 품은 그리운 이름이 어딘가로 간다

잠시의 영원을 품은 그리운 이름이 어딘가에서 온다

감자꽃이 싹 트는 것

감자를 깎으려고 지하실 포대에서 감자를 꺼냈을 때
주렁주렁 딸려나오는 무슨 주먹 같은 것
쭈글쭈글한 주먹마다 보라색 꽃순이 싹 텄는데
감자에서 싹이 나서 감자꽃
독을 머금고 꽃이 피어난 감자는 못 먹는 감자래
꽃이 독을 품은 거라
(가시가 많은 꽃이 색깔이 진하다는데)
어떤 마음을 먹고 주먹을 꽉 쥐고 숨었길래 독이 꽃이 되
었을까?

내가 힘은 없지만 꼭 너를 죽여야겠다고
감자 속에 숨은 마음이 주먹이 되어서
주렁주렁 감자가 보라색 꽃순을 피웠는데
증오는 너무 자해적이야
독이 생활 속에 스며들어 감자가 보라색 꽃을 피웠다
꽃이 핀 감자는 못 먹는 감자
무수한 주먹들이 서로 목을 감고 뒤엉켰다

생활이라는 것

때로 주먹을 활짝 펴서 양산처럼 빛을 받아야 하는데

꽉 쥔 주먹이 펴지지가 않아서

베란다에 앉아 가위로 손가락을 하나하나 오리고 있다

때로 도심의 지붕 아래 감자 포대를 말려야 하는 임상적 이유

썩은 감자들을 베란다 한곳에 몰아놓았더니

주먹들이 발악을 했는지 봉분만 한 보랏빛 꽃밭을 이루었다

주먹만 한 감자에서 싹이 터서 감자꽃

뭐랄까,

자전을 하면서 공전도 하는 그런 삶이어야 한다고 했다

바람 든 무

무, 내가 롯데마트에서 사 온 겨울무 두개,
산처럼 쌓인 무 더미에서 몸통이 단단하고 무청이 싱싱한
것으로
내가 고르고 골라 두개를 사 왔네,
'내가' 라는 말은 참 위험한 말
곱게 씻어서 가운데를 잘랐더니 바람 든 무
바람난 무가 아니라 바람 든 무
가슴에 거뭇거뭇 구멍이 숭숭 뚫린 무
내면의 조소(彫塑), 조각이나 소조,
바람의 악기 한 소절이 남아
무무 무무 무우무우 무무 무우무우
무영탑, 다보탑, 그런 돌탑 모양으로 구멍이 뚫린
아니 지나가는 길손이 산길에서 돌 하나를 주워 와 탁 놓
고 간
막 쌓은 막탑 같은

가슴에 구멍이 숭숭 뚫려서
더 추운 것 같아, 이렇게 말하던 친구가
있었지, 이런 친구 저런 친구

말의 울림통이 막힌 지점에서
바람이 들어간 무를 보면서 생각하네
바람난 무 말고 바람 든 무

가슴속에 바람이 그린 무영탑, 다보탑, 또 여러 막탑의
형상,
조소, 조각이나 소조,
뒷면에 수은이 벗겨져서 반영이 일그러진 거울처럼
독일에 간호사로 갔던 친구와 집 안에 에스컬레이터까지
있다는
다른 친구 모두 지금은 소식이 끊겼지만
바람이 들어간 무 속에서 젊은 그들의 목소리가 울리는
듯해
바람이 숭숭 지나가는 가슴을 안고 어떻게든 살아왔을지
바람의 악기 한 소절이 남아
무무 무무 무우무우 무무 무우무우
남몰래 가슴속에 돌탑을 기르며 바람 든 무 그렇게 살아
왔겠지

사랑받는 진통제

백악관의 웨스트윙 브리핑 룸 첫째 줄
헬렌 토머스가 사랑받는 기자이길 포기하면서
진짜 기자가 되어갔던 것처럼

시인도 사랑받는 시인이기를 포기하면서
정말로 시인이 되어가는 것인지도 모른다

선생님도 사랑받는 선생님이길 포기하면서
진짜 선생님이 되어가는 것이고

개도 사랑받는 개이기를 포기하면서
진짜 개가 되어갈 수 있는 것인데
진짜 사람도 그렇게 되어갈 수 있는가

이것저것 오만가지 진통제를 끊고
고요히 나에 대해 생각해보는 밤

제 3 부

매미

아무것도 아닌 아무개

매 매 매…… 찢어지게 하루 종일 불평만 한다

세상에 태어나 불평만 하는 매미 소리가 한여름을 채운다

막무가내로 불평을 하다보면 어느 순간 목청이 시원하게
터진다

그런 순간 세상은 한번 더 도약한다

비 내리고

8월 분수처럼 눈부시게 다가오는 무지개 뜨고

또 고장난 레코드판 같은 그 소리에 그 소리라도

매미 소리의 질질 끄는 어깃장이

한여름의 고비를 한번 더 넘는다

매 매 매…… 찢어지는 지루함을 넘어

밍밍한 냉수 속으로 톡 떨어져 퍼져가는

연두색 레몬 식초 한방울의

시디신 변심

한번 더 세상을 뒤집어놓는

막무가내 매미의 찢어지는 불평

절벽의 포스트잇

난 정말 시간이 없어,
글씨 쓰는 인간
허공에서 강하고 급한 바람이 휙 몰아칠 때
외출하기 직전 옷소매에 한쪽 팔을 집어넣다가
포스트잇에 글씨를 쓰네
격한 호흡
달려오는 이인칭
작고 사소한 우리의 약속, 다급한 처방전,
숨찬 짝사랑의 흘려 쓴 기록

마트 계산원 엄마가 일 나가면서
어린 아들에게 고등어구이 꼭 먹으라고 쓴 메모,
간병 일을 하는 김평순씨가 병원으로 나가면서
딸에게 입시 공부 잘 해라, 주말에 보자라고 쓴 글씨,
잠깐 나갔다 와요, 저녁 먼저 먹어요
반지를 빼놓고
애인이 애인을 만나려고 나가면서 쓴 거짓말 편지,
혼자 있는 게 아니야, 포스트잇을 쓸 때면
순간 둘이 있어, 일인칭과 이인칭이 꿈틀거리며 얽혀들고,

잠깐 손을 맞잡은 두개의 물방울 같은 포스트잇
아직 죽지 않고 살아 있구나,

촛불이 다시 꺼지겠어요
촛불을 다시 켜주시겠어요?
「라 보엠」의 미미가 흘려 쓴 글씨
이슬은 꼭 부디,라는 말로 시작하는 일기를 쓰지
이 슬픈 보석을 부디 밭에 던지지 마오
난 정말 시간이 없어,
촛불이 다시 꺼지겠어요
거울에서 두개의 물방울 같은 눈물이 굴러떨어지고
화염 같은 고통 속의 사랑이라는 격투기
어디선가 포스트잇을 붙이는 급한 손
또한 지상의 어디에선가 가을처럼 사뿐 포스트잇 떨어지
는 소리

포스트잇 한장이 냉장고 문에서 굴러떨어질 때
우리의 약속이 굴러떨어지네
난 정말 시간이 없고

바람도 없는데 낙엽처럼 가벼이 날리네
쓸 때면 늘 둘이 되는 포스트잇에
급하게 쓴 짝사랑의 격한 숨결
흘려 쓴 글씨들의 희망이 굴러떨어지네
텅 빈 우주 속으로 쪽지 하나가 굴러떨어지네

이슬의 전쟁

이슬은 죄 많은 세상 속으로 조간신문처럼 온다
이슬도 뭐 그리 깨끗한 것도 아니다
깨진 손톱이나 핏방울, 찢어진 눈동자나 이빨 같은 것,
이슬 안에 그런 생지옥이 산다

이슬로 세수를 하고 발까지 다 씻을 수는 없다
이슬은 육체의 계획 속으로 오는 것은 아니다
이슬 안에 스러지는 영원의 햇빛 속으로
이슬은 차갑게 죽으러 온다
이슬은 이슬을 애도하러 온다

이슬로 와서
이슬로 구르다가
이슬의 전쟁을 마치고
이슬로 지는 사람들이여

신이 눈꺼풀을 한번 깜박일 때마다
순간의 슬픈 보석은 밭으로 굴러떨어진다
전쟁이 끝난 밭에는

풀잎마다 영롱한 이슬의 유언이 반짝반짝 묻어
막 깨어날 듯한 기운으로 충만하다

섬초

섬초는 묻는다
비금도의 시금치
차가운 해풍의 한가운데
얼음을 배로 밀고 나가는 푸른 밭의 쇄빙선
섬초
섬초에서는 난초꽃 향기가 난다
해안가 언덕에 바싹 붙어 파도 소리를 세다보면
초산의 젊은 엄마 유방에 젖이 돌기 시작하는 것처럼
거친 잎사귀에 단맛이 돌고
난초가 따뜻한 곳에서는 꽃눈을 틔우지 않는 것처럼
비금도의 시금치는
아랫목 같은 것은 모른다
비둘기 발처럼 빨갛게 되도록
바닷바람이 몰아치는 언 땅에 발을 꼭꼭 묻고
섬초는 이렇게 시퍼렇게 만개할 때까지
쇄빙선의 칼 같은 배를 밀고 간다
올리브산의 포도나무처럼
프리다 칼로의 마지막 그림
빨간 수박처럼

해안가 얼음산을 헤치고

파도 소리를 줄기 속으로 밀고 가면 갈수록

비금도의 난초

속으로 단맛이 돌며

난초꽃 향기를 은은히 뿌리는 푸른 잎 무성한 섬초

토란탕

추석 즈음,
쓸쓸해지는 마음
넓게 펴든 토란잎 한장에 도르르 말린 물방울
싱그러운 물방울에 파란색 속살이 비치네
은은하고 쌉쌀한 토란의 아린 맛
맑은 물방울을 깊이 들여다보면 토란잎 아래 황토 흙
아래 눈이 동그란 벌레들의 세상
흙 속의 알들
고물거리는 것들이 도르르 도르르
영롱한 물방울 안에
제 몸을 감고 한사코 스산해지는 마음
토란탕이며 송편이며 나물이며 잡채며 고기산적 같은
것들
누군가에게는 젖과 꿀이 넘치는 땅
고향과 명절
텅 빈 뒤주에 달빛은 가득하나
달이 둥그러질수록 어디까지 왔니 놋그릇처럼 쟁쟁한
마음
이제 마주 잡을 수 없는 어제의 손가락뼈 열개

액체의 달빛인데
토란탕 국물 속에 뼈의 잔상이
한사코,라는 말에 걸려 있다

작별의 포스트잇

"6411번 버스라고 있습니다,라고 내 존재를 불러준 당신
내가 그 새벽 버스를 타고 다닌 사람입니다
감사합니다 영면하소서"
(나 여기 있어요)
"여기 일은 남은 사람이 할게요
내가 당신입니다"
(내가 여기 있어요)
"진보의 큰 별, 가십니까?
수천만의 당신이 오늘 태어납니다"
(내가 여기 있어요)
고압선 철탑 위에 올라가 있는
비정규직 노동자
뜨거운 화상 입은 손가락으로
벽을 움켜쥐고 벌벌 떨고 있는
노란 포스트잇
노란 물결

파도가 오고 가는 바다의 서핑처럼
출렁이고 파도를 가르다 묻혀버리기도 하는

존재하지만 보이지 않는 목숨

죽음의 루트 지중해에서 오늘도 난민들이 죽고 있다

(나 여기 있어요)

파도를 타거나 파도에 묻히거나

너울대는 한장의 노란 포스트잇

동네북

죽이 되거나 밥이 되거나
그것이 절체절명도 아닌데
죽도 밥도 아닌 그것 그대로
그렇게 살면 안 되나

죽도 밥도 아닌 세월에
삶은 이 지극한 궁지를 빠져나가기 위해
영광스러운 밥을 한번 잘 지어보라고 하는데
궁지가 긍지가 되라고 하는데

죽이거나 밥이거나
양자 결단을 내리는 지엄한 칼보다는
죽도 밥도 아닌 그것 그대로
시시한 언어도단이라도 있으면 안 되나

이게 말이냐 막걸리냐
심각하게 따져 물어도
말 속에 막걸리가 있으면
막걸리 속에 말이 있으면

그것이 시다!

죽이냐 밥이냐 이런 흑백의 전쟁터
죽도 밥도 아닌 그것 그대로
그렇게 꽃 피면 안 되나

메아리가 메아리를 부르는 방

진실이 있습니까?
진영이 있습니다

정의가 있습니까?
진영이 있습니다

증거가 있습니까?
진영이 있습니다

진리를 보았습니까?
진영을 보았습니다

누구를 수호합니까?
진영이 있습니다

누구를 반대합니까?
진영이 있습니다

이 밝은 세상에 관 뚜껑을 닫지 마세요

시체 액체가 흘러나옵니다
진영이 있습니다

다른 말을 좀 해보란 말이에요!
진영이 있습니다

다른 노래를 불러라!
진영이 있습니다

이름의 포스트잇

어제 만나요
이제 우리에게 남은 시간은
어제뿐이에요
어제 만나요
그날밖에 없군요

밥상에 하얀 포스트잇 한장을 붙였어요
소담하게 담긴 고봉밥에 맑은 고깃국 한그릇이 올려져
있네요
그리고 텅 빈 숟가락 젓가락
이름밖에 쓸 수가 없어요
남은 것은 이제 이름뿐
나의 평생이 부끄러워 울었습니다

이름을 써봅니다
포스트잇
그것도 한순간이겠네요
포스트잇은 잠시의 영원
영혼을 모아서 이름을 써봅니다

폐허의 실핏줄에

기억이 가득 차 오늘도 바다는 울고 있어요

카이로의 포스트잇

카이로는 거리에 교통신호등과 횡단보도가 거의 없지만
꽃처럼 불멸이 있는 도시
페인트가 모래 색깔로 삭아버린 건물 사이로
빨갛고 파란 양동이 꽃들이 싱싱하게 웃는 도시
고개를 돌리면 어디에나 죽음의 거울이
선뜻 검은 눈 화장의 눈으로 응시하는 도시

사람이 죽으면 일단 눈과 뇌와 내장을 몸에서 파내요
몸에서 피와 수분을 다 빼고
방부 처리하고 향신료와 각종 부적을 넣고 붕대로 감아
관에 넣어요
관은 돌로, 마스크는 순금으로 만들어요
눈과 뇌와 내장을 따로 도자기 단지에 넣고
소금과 향료를 넣어 썩지 않게 처리해요
영혼이 찾아올 때 몸이 썩으면 안 되니까요

그 영혼들은 다 어디로 가는지
피라미드에 가면 별자리의 위치에 맞춰
영혼이 몸을 잘 찾아가게 했다고 해요

찢어져 국토 곳곳에 버려진 남편의 시신을 찾아
자신의 날개로 부채질하여 소생케 한 이시스 여신도 있다
는데
우리는 보통 불태워서 작은 단지에 재를 묻지 않나요

카이로는 메니에르 귓병 같은 어지럼증의 도시
불멸이 살아 있는 도시
죽지 않는 시체와 죽지 않는 영혼과
죽지 않는 돌과
죽지 않는 피라미드와 죽지 않는 스핑크스와
죽지 않는 나일강과
짙은 눈 화장을 한 강인한 히비스커스꽃

백합꽃과 포스트잇

　친구가 위암 4기 말기라고 하는데

　폐와 간과 임파선에 전이되어 수술할 수 없는 상태라고
한다

　초음파 사진을 보니 하얀 백합꽃이 뭉텅이로 피어난 것
같더라,

　시름시름 아파서 누워 있다가

　병원 이름만 듣고 택시를 타고 달렸다

　그래도 의사들이 고마워, 실험적으로 표적 치료를 해본대,

　죽음을 향해 기어가는데 그래도 상냥한 부축을 해주네,

　만약이란 말로 타협하긴 싫은데,

　병원 일층 로비의 벽에 노란 포스트잇이 주렁주렁 붙어
있더라

　응, 희망의 벽이래

　말기 환자들이 신에게 보내는 편지를 붙여놓는 거야,

　희망이 문이지 왜 벽이야,

　패러독스 같지만 마지막 희망의 벽은 희망의 문이지,

　희망의 벽에 노란 포스트잇 편지들을 읽을 수 있어서

　나는 참 고마워, 신은 나를 포기했어도 우리는 신을 포기
하지 않았구나,

다 함께 신을 포기하지 않으면 무슨 일인가 일어나지 않
을까?

응, 그래, 일어나야지, 일어나야지,

상실의 고통에서 의미를 찾으래,

아무도 없는 그녀, 아들 하나, 정신병원에 십일년째 입원
해 있고,

고독 속에 죽어가는 것보다

고독 속에 살아가는 게 더 무서운 우리들

내일 아침에 눈이 안 떠졌으면 좋겠어

응, 나도 그래

일출 명소를 부르다

조율이 총체적으로 망가진 폐허가 달려오고 동쪽도 서쪽
도 남쪽도 북쪽도 다 막히고 캄캄한 일몰의 시간에 벽들이
사방에서 밀고 오고 관 뚜껑이 열린 채 몰려오고 내일 해가
뜨지 않을까봐 두렵고 내일 해가 떠도 내가 존재하지 않을
까봐 두렵고 이것은 자클리느의 투쟁, 신경세포가 있는 곳
마다 다 종양이 생겼어요 온몸이 마비로 굳어서 자클리느의
눈물은 막혀 있어요 조율이 다 훼손되고 타이타닉호의 침몰
이 다가오고 있다는 소문이 오고 캄캄한 관 뚜껑을 밀어내
기 위하여 새벽마다 세계의 일출 명소를 불러본다, 정동진
의 일출, 간절한 간절곶에서, 갈릴리 바닷가, 붉은 인디언의
성지 모뉴먼트 밸리, 이청준 작가의 「비화밀교」의 그 신성한
산, 일출 명소의 이름을 부르고 있으면 우리 사는 곳마다 다
일출 명소가 되고 아침에 어린 학생들이 책가방을 메고 재
재거리며 학교로 가고 새들이 포르릉포르릉 나무 위에서 날
며 노래하는 인류의 아침 풍경이 떠오르지, 아침에 시작하
는 사람은 다 아름답고

젖 먹던 힘을 다해 일출 명소의 이름을 불러봅니다, 젖이
몸에 가득 찬 때도 있었는데, 마지막 한방울까지 일출 명소

의 이름을 부릅니다, 당신에게도 어제저녁의 마음이 오늘
아침의 빛으로 환해지기를 바랍니다

'알로라'라는 말

알로라
내 말 좀 들어봐,
나, 지금, 여기, 이탈리아야, 베네치아,
고독하지, 뭘, 여기서는 고독해도 괜찮아,
알로라, 입안에 굴려보면
말을 걸 사람이 생겨지는 것 같은 느낌,
알로라,라는 말 참 좋아,
나 이탈리아 말 한마디도 모르는데
왁자지껄한 속에서도 그냥 그 말이 귓가에 들리는 거야
알로라,라고
이탈리아어 왁자지껄하지,
성대한 꽃다발이 이탈리아어 속에 왔다 갔다 하고,
전화를 걸고 처음 하는 말이 알로라,라면
좀 이상하지, 그들 사이엔 그전의 통화에서
하던 말이 있었던 거야,
과거의 말이 있고 현재의 말이 있고
내일 할 말이 있어서, 그래서 알로라가 오는 거야,
시간을 접속하는 거야, 뭘 연결하는 거야,
길을 가다가 알로라

말을 하다가 알로라

싸우다가 알로라, 울음을 그치고 알로라

알로라, 나 배가 고파,

그런데 이건 배고픔이 아니고 보고픔인 것 같아,

미소를 지으며

알로라, 나 모레 떠나,

알로라, 인생은 가고 또 오는 거잖아,

알로라, 그럼 잘 가, 또 만나자고는 말 못해도

알로라, 바다를 향해 배를 타고

알로라, 언젠가, 그때 꼭 만나자, 바다를 향해 배를 타고

안녕,

알로라,

앵두

빨간 앵두
속에 자기가 꼭 차서 빨간 세계
아프고도 찬란한
찢어졌던 자신의 페이지를 모아
시고 쓰라리다, 그 밤을 넘어간 앵두,
시고 쓰라린 밤을 넘어 대낮에
늘어져라 흡족하게 햇빛을 먹고 한편의 충만한 시가 된
앵두,
달콤한 젖꼭지가 불룩 튀어나온 앵두
손으로 잡으면 한줌 꽃 같은
하얀 백설기 떡에 꼭 박힌 건포도알 같은
이제 세계의 별을 끄고 당신의 몸에 불을 켰어요
모든 이쁜 것들이 죽은 후 여기를 맴돌며
떠나지 않을 것 같은 앵두
아프고도 찬란한
빨간 입술의 점괘

베네치아처럼

메멘토 모리를 머리에 두르고
카르페 디엠을 전신에 펼치고
풍성한 누드로 누워 있는 여인 같은 베네치아

불멸의 햇빛은 오늘도 찬란하건만
내일의 햇빛은 나를 모르리라
내일의 물결도 나를 모르리라

오늘의 사람들은 오늘의 물결에 씻기며
목욕하는 누드로 지상의 광채를 걸치고
일시에 물방울을 철철 흘리며 함께 일어선다

우리는 반짝이며 시계 안에서 살았다
온몸이 젖어서 시계 안에서 죽었다

페르난도 보테로의 「낮잠」을 보고 나오
는 사람

나는 시인으로 죽을 수 있을까
인간이 흙임을 기억하고
인간 안에 신이 있음을 기억하는 몸이
보테로의 「낮잠」에서 충만한 잠을 자고 있다
어떤 죽음은 저렇게 순하게 내맡겨진 신의 눈부신 낮잠,
청담동 화랑에서 그림을 보고 나오던 길에 쓰러졌던 어느
노시인,
"심장 충격 합니다! 모두 물러나세요! 심장 충격 합니다!"
시인으로 살다가 멋지게 시인으로 떠나신 분

한 사람이 죽는 것은
자기 속의 아버지를 어머니를 남편을 아내를 딸을 아들을
오빠를 언니를 누나를 고모를 이모를 삼촌을, 한국사와 세
계사를,
국문학사를 문예창작론을 철학을 신학을 비교문학을 현
대시학을 국제비교한국학을
다 이끌고 멸망하는 것이 된다
한 인간의 역사와 영토는 생각보다 훨씬 더 복잡하고 크다
그 모든 것이 '낮잠'으로 수렴되며 멸망한다

한 왕조의 멸망도 이렇게 클 수가 없다

나는 오늘 페르난도 보테로의 전시회를 보고
그 '낮잠'을 생각하며 화랑 앞에서 잠시 무언가를 기다
린다
뚱뚱해서 행복한 눈부신 낮잠
보테로 그림을 보러 가는 사람보다
보테로 그림을 보고 나오는 사람처럼
충만하고 둥글고 따뜻하고 너그럽게

그러면 시인으로 죽는 것이, 아니 사는 것이 되나

용서라는 말

내가 오늘은 용서라는 제목을 가지고 좀 생각해보련다

용서를 받고 싶고 용서를 하고도 싶은데
썩은 감자같이 꽉 쥔 주먹에서
상처가 생기고 헐어서 출혈이 일어나고 있는 것 같다
감자 궤양병같이 피가 나는
주먹에 주렁주렁 매달린 감자들을 끊어낸 뒤에
따스한 햇빛 아래 손금을 좀 말려야 한다

햇빛은 손금 위로 포실포실 떨어지며
금방 노란 병아리들이 어디선가 줄지어 걸어나올 것만
같다
꽉 쥔 주먹을 펼 때마다
금세 손바닥으로 토실한 감자들이 주렁주렁 따라 올라
온다
언제 받은 분노인지 수모가 아직도 살아
주먹 아래
손금이 말하는 것은 상상 이상으로 많다

요즈음엔 이메일 끝에 '진심을 담아 사랑으로'라든가
'사랑을 담아 진심으로'라든가
뭐 그런 말을 꼭 붙이는 것 같다
그 말이 진심이든 아니든
무엇을 남에게 주는 것은 좋은 일이다
진심이 없으면 할 수 없는 일이다
그러려면 일단 주먹을 양산처럼 활짝 펴야 한다

용서를 말하기 전에 먼저 주먹을 펴서 진심을 찾아야 할
것 같은데
분노는 천사보다 명이 길다
그렇다면 오늘 용서라는 제목으로 말을 끝내기는 어렵다
먼저 진심을 찾은 후에
주먹에서 감자를, 아니 감자에서 주먹을 다 뽑은 후에
다시 만나 용서를 논하기로 한다

그럼 다음에, 안녕히

못 박힌 사람

못 박힌 사람은
못 박은 사람을 잊을 수가 없다
네가 못 박았지
네가 못 박았다고

재의 수요일 지나고
아름다운 라일락, 산수유, 라벤더 꽃 핀 봄날
아침에 떴던 해가 저녁에 지는 것을 바라보면
못 박힌 사람이 못 박은 사람이고
못 박은 사람이 못 박힌 사람이고
못 자국마다 어느 가슴에든 찬란한 꽃이 피어나고 있는데

못 박힌 사람이
못 박은 사람을 잊을 수가 없듯이
못 박은 사람도 못 박힌 사람을 잊을 수가 없다
못 박힌 사람과 못 박은 사람만 있는 곳이 에덴의 동쪽

시는 그런 사람들이 쓰는 것
아픈데 정녕 낫고 싶지 않은 사람들이 쓰는 것

못 박힌 아픈 가슴 움켜쥐고도
못을 빼고 싶지 않은 사람들이
에덴의 동쪽에서 시를 쓴다

'콩나물을 길러라' 포스트잇

위가 아프다보니
맨날 위에 대해 생각한다
무엇을 볼 때도 위궤양과 연결이 된다
궤양의 눈이 어둠 속에서 뚫어져라 나를 바라보는 것 같다
점점 더 노려보는 것 같다
아픈 사람은 아픈 곳만 생각한다

집에 말할 사람이 콩나물시루밖에 없어요
콩나물시루에선 까만 보자기 아래로 물이 똑똑 떨어지죠
물방울 소리가 똑똑 떨어져 강물의 건반을 누르는 것 같죠
까만 보자기를 걷으면 노란 콩껍질에서
투명하고 환한 콩나물이 소담스럽게 쏟아져요
변화라는 소중한 두 글자를 생각해요
희망을 본 거죠
변화를 위해, 변화를 향해
그렇게 우리의 대화는 계속 움직이고 있어요

위궤양이 악화되면 궤양이 점막을 뚫어 천공이 온다는데
천공이면 하늘에 구멍이 뚫린다는 건가?

구멍이 모든 존재를 빨아들인다는 말인 것 같다
그 구멍 속으로 삼켜지지 않기 위해
'콩나물을 길러라' 포스트잇이 붙어 있는
무거운 냉장고에 날 살려라 매달리며
오늘도 아픈 사람은 아픈 곳만 생각한다

'연탄불 꺼트리지 마라' 포스트잇

폐선착장 같은 방이 있었다

그녀, 포스트잇에 유서 비슷한 것을 써서 냉장고 문에 붙
여놓고
곧 약을 먹고 세상과 하직하려고 가만히 누워 있는데
방바닥이 점점 차가워지는 것 같아서
연탄불이나 갈아놓고 죽어야지 맘먹고
지하의 보일러실로 내려갔는데
이미 연탄불은 하얗게 사그라들고
번개탄을 찾으니 번개탄이 없어
죽을 때 죽더라도 연탄불은 살려놓고 떠나는 게 도리가
아니냐
주섬주섬 옷을 갈아입고
'호프 소주' 옆 구멍가게에 가서 번개탄을 사 오는 길에
너무 추워서 삼립호빵도 먹고 싶고 콩나물국이나 끓여 먹
으려고
호주머니를 뒤지니 돈이 부족해서
다시 집에 갔는데
먼저 연탄불을 피워야지, 불을 살린 다음에 죽든 살든 해

야지

　번개탄에 불을 붙여 매운 연기 속에서
　그 위에 연탄 한장을 올려놓고
　다시 방에 들어와 누워 있는데
　방바닥이 점점 따뜻해지는 것이 좋아
　그만 잠이 들고 말았는데
　똑똑, 퇴근하는 친구가 소주 한병 들고 집에 놀러 왔는데
　냉장고 문에 붙여놓은 포스트잇 글자
　'먼저 가서 미안해요''두 손 모아 사랑으로''연명의료
거부'
　'연탄불 꺼트리지 마라'
　포스트잇을 황급히 떼려다가
　그만 소주병을 떨어뜨려
　깨진 유리 조각을 밟은 발이 피를 흘려
　그래, 어차피 오늘은 피 보는 날이었나
　피를 보았으니 이제 오늘은 그만
　지하실 보일러에서 활활 타오르고 있을 연탄불이 고맙고
　인류는 다 불쌍하고 고마운 일도 있고
　그런 일

내일 아침 일찍 일어나 얼른 연탄불을 갈아야지
연탄불을 갈기 위해 때맞춰 자는 사람처럼
연탄불을 갈기 위해 때맞춰 일어나는 사람처럼

'연탄불 꺼트리지 마라' 포스트잇이 허공에서 맴돌고
있는
폐선착장 같은 방이 있었다

제 4 부

미역의 전쟁

맹수처럼 울부짖는 바다
맹골수도에서 미역 캐는 할머니
물이 빠진 두시간 동안
바위에 붙은 미역을 신속하게 캐야 한다
당장, 지금 당장!
미역은 바위에 악착같이 붙어서 쉽게 떨어지지 않는다
뿌리도 없는데 뿌리가 바위에
낫 같은 것을 가지고 파도와 파도 사이에 얼른 캐야 한다
발이 바위에서 미끄러지고 손은 낫을 들고 벌벌 떤다
악착같은 미역귀
시퍼런 미역귀

당장, 지금 당장!
미역을 캐야 한다
바닷물이 밀물로 밀고 들어와 목까지 잠기기 전에
파도와 파도 사이
어서 빨리, 바위에 붙은 저 파란 미역귀를

동행

배내옷 구름옷 꼬까옷 때때옷 깨끼옷 놀이옷 비단옷 명주
옷 무명옷 모시옷
도롱옷 뜨개옷 삼베옷 잔치옷 종이옷 일꾼옷 죄수옷 올
무옷
광목옷 누비옷 명절옷 무색옷 색동옷 채색옷 무대옷
달걀옷 튀김옷 공기옷 모기옷 날개옷 바람옷

봄 여름 가을 겨울
철 따라
이 옷 저 옷 그 옷, 곱게 입어보고 갑니다

어디로 가느냐면 그냥 웃지요

영화 「흐르는 강물처럼」에 나오는 브래드 피트 같은 남자
사랑했습니다

그저 아름다울 뿐 무의미의 허허 자유
극에 달하는 허무의 맥락을 흐르는 강물이 품어줍니다

육쪽마늘

거참, 실하다
롯데마트 앞에 다발로 묶여 있는 육쪽마늘
만져본다, 무의미한 혼란만 같던 땅의 불타는 중심이 여
기에 수렴된 것 같다
입에 가시를 물고 가슴엔 아카시아 뿌리가 걸렸다
온몸에서 흰 김이 풀풀 날리는 괘종시계
칡넝쿨이 칭칭 감싸고
가슴속으로 침투하고 있는 묵시록의 오롯한 한 페이지

어떤 영결식도 모든 것을 다 영결하지 못한다
네가 떠난 자리에 나의 그림자
내가 떠난 자리에 너의 그림자
그 남은 그림자들이 내년 산야에 칡넝쿨로 걸려
밭은 무형의 혼돈으로 가득 차 있다
밭 아래 뒤얽혀서 한참을 더 이글거리다가
더운 밭 아래 압축된 공기가 몰려 밭의 배꼽인 양 육쪽마
늘로 익어가는 것이다

더덕더덕 묶어놓아

알차게 두둑한 육쪽마늘이여

여기에 부질없는 무의미란 없다

무언가 작고 실한 것이 익어가는 것이다

인간은 끝내 장님이지만

그 어둠의 혼돈을 몸으로 다 받아낸 견고하고 토실한 육

쪽마늘이

밭의 배꼽에서

이글거리는 무질서를 수렴하며 익어가는데

허무를 넘어선 허무가

비로소 오늘 무언가를 영글게 영결하고 있다

훈민정음 언해본이 열릴 때

어디에서 날아왔는지 모를 검은 땅에
개망초꽃 가득히 피고
흰민들레꽃 흙에 붙어서 소소하고
달빛을 따라 밤에 핀 노란 달맞이꽃이랑
햇빛을 따라 낮에도 핀 흰색 달맞이꽃도
언문, 암클, 언문 연서, 계집과 상것, 진서의 반대

훈민정음 반포의 날처럼
갑자기 눈이 환해진 검은 땅에서
서로서로 실뿌리로 비스듬히 어울려 기대고 있는
자음과 모음으로
서서히 어둠이 물러가고 햇빛 잔잔히 오르던 그날처럼

훈민정음 언해본이 열릴 때
뿌연 소문에 불과하던 인생과 세상이 밝아지고
꽃들이 처음으로 자기 이름을 쓰며 스스로 불러보며
어울려 자기 식구와 친척과 친구와 새와 꽃과 개와 뱀과
개미와 땅강아지의 이름도 적어볼 때
눈을 들어 산을 보아라, 이런 아름다운 말

산이 나의 산이, 강물도 하늘도 바다도 꽃도 나무도 봄비도
만유가 다 나의 글자

훈민정음 반포하던 날의 환한 빛이거나
아름다운 어머니의 훈민정음 언해본이 열리던 날
우울과 절망과 무지와 폐허와 천재지변과 홍수와 가뭄과
그 모든 것을 경작하는
반짝이는
나의
나의
작은 호미 같은

아버지를 가진 사람

그러면 나는 무슨 말을 해야 할까?

호로자식 같으니라고!
아니 이렇게 말했나
호래자식 같으니라고!
아니 이렇게 말했나
후레자식 같으니라고!
호로자식이나 호래자식이나 후레자식이나 다 그저 그런 말
좋은 뜻으로 쓰이지는 않는다
좋은 사람은 그런 말을 잘 쓰지도 않는다

사악한 모멸의 침이 튀어서 검은 지옥의 강으로 누구를 밀어넣는데
덕분에 참 오랜만에 그 단어를 들었어요
반가워요
한국어도 어떤 근원에서 발원하여 변화해온 거지요
이어져서 퍼져온 계보가 있지요
낳아주시고 길러주신 분, 어머니, 천한 곰이니까요

어머니의 노력은 천하게 무시되어도 좋다고요?

아버지가 훈민정음이라면 어머니는 훈민정음 언해본 같
은 분,

나에게는 그래요, 아름다운 훈민정음 언해본같이

우리를 살뜰히 가르쳐주신 어머니,

당신에게는 지엄한 아버지가 있겠지요

당신의 아들에게도 권력자 아버지가 있겠지요

아버지가 있어서 축하해요

나에게는 훈민정음 언해본이 있어요

본의 아니게 역사의 안에서 바깥에서 죽은 아버지도 많
아요

역사의 안에서나 노동의 안에서

죽고 죽고 죽었다가

죽었어도 일어나고

시위에도 나가고 고층 공사장에도 나가고 지하철 안전문
도 고치고

그러다가 떨어져 죽고 끓는 쇳물에 빠져 죽고, 화이트칼
라 과로사, 감전사로 죽은 사람이

우리들의 아버지였어요
그래서 불가피하게, 본의 아니게,
애비 없는 자식을 남겨야 하기도 했어요

그 많은 불행을 잘 피해서 축하해요!
아버지를 가진 사람

그러면 나는 이제 무슨 말을 해야 할까?

어머니

어쩔 수 없이 나의 조국이면서도 영원히 타국 같은 여자,
어머니

어머니 돌아가시고
해가 자꾸 서쪽에서 뜬다

서쪽에서 뜬 해가 동쪽으로 지고
동쪽으로 진 해가 서쪽에서 뜬다

영원히 그럴지도 모른다

지금 어디 계세요?

그 여자의 랩

뉴욕주 어느 시골 우체국에서
갑자기 무명필을 칼로 찢는 듯한
여자 목소리의 한국말이 들려 쳐다보았다
해도 해도 너무하네
U.S. Post 우체국 안에는 백인 여자, 흑인 남자, 늙은 아시
안 여자, 백인 남자,
그리고 내가 국제 소포를 보내려고 줄을 서 있는데
해도 해도 너무하네

랩의 한 구절인가?
눈두덩에 파란 아이섀도를 넓게 펴 바른
구식 화장을 한 늙은 여자가
옆의 남자에게 사납게 소리치고 있다
해도 해도 너무하네!
창턱에는 노란 수선화 한다발이 꽃병에 꽂혀 있고
늙은 백인 남편은
말 없는 청산이요 태 없는 유수로다,
멍하니 있는데
여자는 기지촌 영어로 불만을 터트리다가

말끝마다 해도 해도 너무하네,라고
한국말 후렴을 붙인다

랩의 한 구절인가? 그 여자의 랩은
놓친 무지개를 부르고 있나? 신에게 절규하는 건가?
알 수 없는 인생의 줄거리, 고난과 한이 맺힌 결정(結晶)의
순간에 강렬한 루비석이 번쩍번쩍
가슴을 가르는 목소리,
한 오백년…… 강에서 시체를 끌고 오는 목소리
영어로 말한다면 이를 어떻게 말해야 하나?

해도 해도 너무하네, 이 기막힌 말은
어떤 외국어로도 번역될 수가 없어
뉴욕주 어느 시골 마을 우체국에서 늙은 남편에게 사납게
퍼붓고 있는
늙은 여인의 한국말 한 줄기
해도 해도 너무한 이 말 한마디
그 여자의 석류빛 랩 한 구절

그녀에 대하여

여성 시인의 시에 대하여 짧은 글을 하나 썼는데 출판사 여성 부장님한테서 연락이 왔다 '그녀'라는 인칭대명사를 '그'로 바꾸면 안되겠냐고 아니, 왜요? 그녀란 말이 저는 좋은데요 '그녀'가 성차별적 인칭대명사라고 해서 요즈음 거의 '그'로 고치고 있어요 '그녀'가 왜 성차별적 대명사예요? '그녀'는 그녀죠 그녀는 그녀일 때, 그녀이기에 아름답죠 그리고 페미니즘이란 여성의 여성성을 인정하는 것에서부터 시작된다고 생각하는데요 '그녀'를 '그'로 고치면 성우대적 인칭대명사?

베네치아의 태양 아래서
나는 씨뇨라라는 호칭으로 불리었다
아주머니는 씨뇨라, 아저씨는 씨뇨레, 아가씨는 씨뇨리나
라고
가장 멋진 것은 씨뇨리나인데
앗, 그만 나는 옛날에 결혼했지
씨뇨리나에서는 탈락
모나 리자, 모나는 사모님 같은, 유부녀의 경칭
모나로 불릴 일은 없었고

146

오 솔레미오, 곤돌라를 타고 수상 버스를 타고
산타루치아역을 지나
산마르코 공항으로 가서
비행기를 타고 백설이 뒤덮인 남알프스를 넘어
파리로 가니 어느새 마담이 되어 있다,
마담이라면 적어도 마담 보바리나 쥘리에트 그레코
브람스를 좋아하세요? 프랑수아즈 사강이나 클라라 슈만
뭐 그런 명곡의 위엄과 장밋빛 향기
파리 동양학 대학에서는 교수님, 뭐 그런 호칭을 들었고

파리에 갔다가 런던으로 갔더니 미시즈,
미스터는 아니니까 뭐 미시즈,
다시 돌아와 씨뇨라,
몇달 동안 이렇게 호칭이 세번 바뀌었다
호칭이 바뀔 때마다 새로운 정체성이 생기고
오그라든 허리가 쭉 펴지고
곰이 되었다가 꼬리가 되었다가 인어가 되었다가
장밋빛 인생이
오 솔레미오가 들리는 것도 같은데

석달 후
인천공항 리무진 매표소 앞에서
한 아가씨가 내가 흘린 신용카드를 주워 건네며
아줌마, 하고 부른다
그래, 이제야 올 곳에 왔다는 느낌,
(이방의 호칭은 뭔가 자아에 향기를 부어주는 듯
아리스토텔레스 이후 그것은 늘 그렇다
이방의 말은 늘 약간 시적이니까)
물 빠진 몸뻬같이 광채가 순식간에 다 빠지고
안녕, 토스카나 태양 아래서
포도밭에서 노는 아이들을 부르던 풍만한 씨뇨라여,
동전을 던지며 손뼉 치며 웃던 트레비 분수여
오 솔레미오를 부르던 인생의 빛나는 가슴이여
때로는 호칭이 정체성을 바꾸고
얼굴을 바꾸고
몸짓을 바꾸고
자태를 바꾸고
세계를 바꾼다

힘없는 날, 가만히 벽에 대고 나 혼자 불러본다, 씨뇨라 킴

탄생의 시

아기가 태어나는 순간
머리가 나오고
누런 양수막이 흘러내리는 미끈미끈한 얼굴에
햇빛의 행복감이 떨어져내리고
출생의 순간
눈부셔라
이제 저 어두운 곳과는 다 끊어져야 하는데

여자의 배 속에서 나는 너무나도 많은 것을 알아버렸어
그녀의 슬픈 음성을 나는 들었다네
그녀가 한숨을 쉴 때 오르락내리락하는 무거운 횡격막의
율동도
나는 직감했어
어딘가 내가 잘못 굴러가고 있다는 것을
불행 속에 시들어가기보다는 단번에 불타버리는 게 낫
다*고
그녀는 유리창 옆 화분 앞에서 말했지
화분 속에 유서를 숨겨놓았다**고도
그리고 남자 목소리가 들렸어

오늘 저 아래 난자 얼리는 노란 버스가 와 있네,

지금은 아이 낳을 때가 아니라고 내가 몇번이나 말했잖아,

지금 내가 상황이 안 좋다고,

난자 얼리는 냉동 버스에 난자를 맡겨놓았더라면 오죽 좋아?

사랑은 그저 음주운전 같은 것

나를 둘러싼 그녀

그녀를 둘러싼

세계가

그리 행복한 세계는 아닌 것을 그때 느꼈지

내가 불행한 여자의 막장 속으로 태어나는 건가?

그녀가 비극의 누런 막을 쓰고 있는 것 같아

배 속에서 발버둥 치며 나는 울었지

저런 망할 놈의 세상으로 태어나기 싫다고

그렇게 발버둥을 치다가 몸이 돌고 돌아

나는 그만 조산(早産)되고 말았어

본의 아니게도 예정보다 일찍 양막과 피를 뒤집어쓰고 태어난 거야

"아기가 세상에 빨리 오고 싶었던가봐"

여자가 근심스레 말했고

아직 눈도 못 떴지만 햇빛으로 가득한 세상은 배 속에서
생각한 것보다는

더 나은 것 같아

상큼한 소독약 냄새, 가위 찰랑거리는 소리, 배꼽에 붙여
준 말랑한 거즈,

장미 기름 향기, 존슨즈 베이비파우더 냄새,

얼굴과 몸을 쓰다듬는 손길

그리고 남자의 낯익은 음성이 들려

오, 아기, 프란치스코 교황님보다 더 높은 나의 아기

이름을 뭐라고 붙여줄까? 교황이? 황제?

이 남자가 누군가, 나는 생각해

아니, 그 난자 냉동하라는 그 남자 아니야?

세상에나, 나는 세상에 정이 뚝 떨어져,

여자는 힘없는 몸으로 나를 품에 안고

내 입속으로 말랑한 것을 물려줘

달콤한 액체가 목구멍 속으로 똑, 똑, 떨어져

좀더 얻어먹으려고 나는 입술로 더 힘차게 빨고 있어

나를 원치 않았던 이 망할 놈의 세상에서 조금 더 뭘 얻어

먹으려고

그러다 슬쩍 보았어

화분 속에 피어난 샛노란 프리지어 몇송이를

그녀가 화분 속에 숨겨놓았다던 유서는 어찌 되었나?

내가 걷기 시작하면 그것부터 찾아봐야지

다짐하면서, 나는 찬란한 프리지어 꽃송이를 바라보았어

유서가 저렇게 아름다운 것을 키우다니!

화분에서 아기가 태어나는

참 이상한 엉망진창의 세상이라도

미친 척하고 조용히, 시작부터 망치지는 말자

* 커트 코베인의 유서에서.
** 커트 코베인의 행적.

신디 셔먼의 여자들

신디 셔먼의 여자들은 아름답지 않다

죽음의 외설, 버려진 여자,

신디 셔먼의 여자들은 피렌체의 부유한 실크 상인의 아내

모나리자를 버리고 시작한다

자신의 얼굴과 나체를 거침없이 드러내며

흑백영화 스틸 형식으로 현대의 야만을 찍은 여자

소피아 로렌이나 메릴린 먼로처럼 예쁜 얼굴

신디 셔먼의 여자들은 버려진 여자, 망가진 여자, 살해된

여자들

안 죽은 여자들은 가발을 쓰고 두꺼운 메이크업을 하고

웃고 있다

신디 셔먼의 여자들은 사용되고 허비되어 야산에 버려진

여자

부고도 없이 죽고

팔 다리 허벅지 유방이 잘려서

대도시 골목의 어느 음습한 쓰레기장 구석에 버려진 여자

술 먹고 토한 토사물의 한가운데 뜬 눈으로 누워 있는 여자

총 맞아 죽는 것은 행복하도다

그보다 더 모욕당하고 소비당하고 학대당하고 폐광이

되어
  외설의 인형으로 버려진 여자들
  허벅지를 양쪽으로 잡아당겨 입 벌린 자궁 속에
  죽은 태아가 보이는 여자들
  모든 외설 사진 속의 죽음의 여자들
  이제 소더비에서 사진 한장이 십억도 넘게 팔리는 여자들
  자기 얼굴로 그 모든 여자들의 얼굴을 연출한 사진
  신디 셔먼의 여자들

  중국 버마 국경지대 운남성 등충현 부근에서
  연합군에 쫓겨 도망치던 일본군들이 학살하고 옷을 벗겨
  구덩이에 내던진 조선인 위안부 소녀들,
  연합군 164통신대 사진중대 B파견대 볼드윈 병사가
  1944년 9월 15일 촬영한 사진 속의 알몸의 여자들

  여기서 죽고 저기서 죽고
  소식도 모르는 암매장의 여자들
  신디 셔먼의 여자들
  이 언덕에 무수한 신디 셔먼의 여자들

세상의 걱정 인형

나무로 만든 큰 실로폰 소리가 골목에 울리는
그 나라에서는 아이들도 걱정 인형을 만든단다
아버지는 아이스크림 막대로 머리와 얼굴을 만들고
아이들은 스펀지를 잘라 몸을 만들고
이쑤시개를 잘라 팔과 다리를 만들고
엄마는 솜을 잘라 빨강 파랑 노랑 머리를 만들고
털실을 돌돌 감거나 천을 돌돌 말아 옷을 입힌단다
옛날 사람은 걱정 인형을 흙으로 만들었다는데
지금은 고운 색 천을 입혀 만든단다
걱정 인형의 몸에 걱정을 써서
잠자는 사람의 베개 아래 넣고 자면
걱정 인형이 걱정을 다 먹어서
밤사이 사람의 걱정이 없어진단다
손가락만 한 걱정 인형은
과테말라산(産) 아름다운 채색의 옷을 입었단다
걱정 인형을 만들면서 벌써 걱정이 없어진 가족들
손톱 밑에 때가 새카매도
걱정이 사라져서 웃고 있는 가난한 가족이 좋단다

시인은 세상의 걱정 인형
지상의 모든 어두운 걱정을 담당한단다
파란 정맥 속으로
은하수를 신고 청소하러
밤새 반짝이는 별들의 수레를 밀고 간단다

치매 할머니의 시

저기 파출소가 있네
잘 외워둬야지
나를 분실할까 두려워
외출할 땐 주민등록증을 손에 꼭 쥐고
내 신체의 일부에 아이들 외국 전화번호를 새겨둬야 하
는데
팔에 새겨둘까 다리에 새겨둘까
가슴에 새겨둘까
유방 위부터 쇄골 있는 곳까지 거기 가운데가 좋겠어?
아니면 둥글넓적한 복부 한가운데

잊어야 좋은 것들
잊으면 안 되는 것들 사이사이로
백발에 맨발로 거리를 배회하다가
착한 경찰관 아저씨의 안내로 무사히 집으로 돌아오면
아무도 없는 집
할머니, 집에 아무도 없어요? 자제분들 안 계세요?

그러면 바지를 내리고

복부 한가운데 새겨둔 아이들 이름과 전화번호를 보여줘
야 해?

신이 말했잖아, 너는 흙에서 왔으니 흙으로 돌아가라고

그러므로 나의 배에다 이름과 전화번호를 새겨놔야 해?

아 그건 좀 아무래도……

그러면 가슴 한복판, 양쪽 유방 위 쇄골의 영역에다 새겨서

옷을 올리고 보여줘야 해? 하하, 그래도 그게 좀 낫겠다

인생은 다 재미있어,

똥오줌 그게 문젠데

너무 제정신으로 똑 부러지게 인생을 살 필요는 없어

초월을 못하잖아

인류의 명작, 어머니

비 내리는 날 유리창에 물로 표구된 한 장면이 있다, 초등학교 때의 일이다, 마지막 오후 수업을 하고 있을 즈음에 갑자기 소나기가 내린다, 후두둑후두둑 유리창의 뺨을 내갈기듯 굵은 빗방울이다, 어디서 왔을까, 금세 유리창 밖으로 옹기종기 우산을 가지고 온 촌스러운 어머니들의 모습이 보인다, 수제비를 만들다 왔는지 머리카락과 뺨에 밀가루 반죽이 묻은 여인도 있다, 나의 엄마도 얼핏 보인다, 소녀 같은 나의 엄마는 얼른 우산을 건네주고 운동장 밖으로 총총 걸어나간다, 그녀의 손에는 우산이 없다, 나만을 생각하며 급하게 뛰어오느라 내 우산만 가지고 온 것이다, 그녀는 세차게 내리는 소나기를 오롯이 맞으며 혼자 집으로 가고 있다, 물기둥이 솟구치는 흰 거품을 밀고 오는 소나기 빗줄기, 파도가 치면 무너지고 파도가 더 치면 더 무너지는데 굵은 빗방울이 그녀의 목으로 젖가슴으로 허벅지와 종아리를 지나 발 속으로 미끄러지며 파고든다, 늘 자기 우산은 없었던 엄마, 그러다 거짓말처럼 금방 소나기는 그치고 비 그친 파란 하늘에서 물보라 대성당이 일어났다 스러진다, 동산 너머로 빛을 반사하는 성대한 무지개, 하늘도 참 무심하시지, 무지개가 뜨기 직전까지 온몸으로 혼자 천지의 비를 다 맞고 간

사람, 그녀는 이제 집에 도착했을까? 아직도 두 귓속으로 쟁
쟁쟁 성당의 종소리가 울리고 있다, 괄호와 같은 두 귀 사이
에 종소리는 갇혀 자기 꽃잎을 뜯으며 아득히 우는 메아리
의 방이 있다

라벤더밭 키우는 여자

너, 아직도, 거기 사니?
시애틀 앞바다에 있는 그 섬에 사니?
너, 아직도, 그 섬에, 라벤더밭을 키우고 있니?
글로벌 제약회사에 다니는 남편이 라벤더꽃에서 나온다는
무슨 특수한 성분의 귀한 특허를 따서
그 특허만으로도 평생 먹고산다는 미국 부유층이 된 친구,
너 아직도 멕시코 노동자들 데리고
그 섬에서 라벤더밭 농사를 짓고 있니?
라벤더밭에서 일하는 노동자들 밥을 해주면서
지금도 그 섬에 사니?
그 꽃이 정말 약이 되니?
푸르스름한 보랏빛 꽃에서 특허받은 약 성분이 나온다는
네 말을 믿으면
네가 내 가슴을 고쳐줄 라벤더밭을 그 섬에 키우고 있어서
나는 참 고맙단다
라벤더꽃이 어떻게 나를 고쳐주는지 알지 못하지만
인간은 자전을 하면서 공전을 하는 그런 조건을 잘 살려
야 한단다

그럼 노동자들 밥 잘해주고
라벤더밭 잘 키워,
아프지 말자
라벤더밭 하나 나에게 보내고
안녕!

빨간 자두의 결혼식

조금 어린 남녀가 버스에 올라탄다
방금 찬물로 세수한 듯 어딘가 정결하고 깨끗한 인상이다
금목서 은목서 두 나무같이 약간 창백한 그늘이다
남녀는 요금을 내고
앞쪽에 서서 서로를 바라보며 손가락을 움직인다
무언가 고요한 것이 왔다 갔다 한다
침묵의 말이 세상으로 흘러 퍼져간다

말이 끝나고 남녀는 손바닥에 빨간 자두 한알을 놓고
조용히 손을 마주 잡는다
침묵 속에서만 이루어지는 거대한 일이 있다
수평선 위로 빨간 자두 한알이 올라오고
손가락 사이로 빨간 일출이 은은히 새어나온다
마주 잡은 손바닥은 태양과 달의 젖꼭지

빨간 자두 향기가 남녀 주위로 승객들 사이로 버스 지붕
위로
거리로 뻗어나가 일렁이고
승객들은 그들의 손가락 사이에서 뻗어나가는

태양의 빛과 향기를 따라 분주한 거리와 하늘을 쳐다본다
어떤 침묵은 아무리 침묵해도 고요하지 않고
어떤 향기는 아무리 보이지 않아도 더욱 향기롭다
천리향 만리향 같은 잠시의 영원
버스 승객들이 모두 결혼식의 빛나는 하객 같다

빨래 개키는 여자

피카소의 입체파 회화, 앉아 있는 여인
불길한 주황빛 노을이 날개를 접고 지붕 위로 저녁이 흘
러내릴 때
여인의 얼굴은 여러 면과 시점으로 분할되고 조합된다
텔레비전에서는 하루치의 나쁜 뉴스
압력솥 안의 뜨거운 국물처럼 끓어 넘치고
여자의 치마 아래엔 낙태한 태아의 시체, 방사능 묻은 시
멘트 폐기물, 폐타이어,
머리가 깨진 지구본 같은 것들이 묻혀 있다,
땀으로 땀을 닦고 피로써 피를 씻는 지구본의 금 사이로
석류즙 같은 붉은 피는 흘러내리고
난민들은 저기 저 푸른 파도 아래 침몰한다,

삶의 폭력과 파괴에 젖어서
저녁마다 나쁜 뉴스에 휩쓸리며
살처분한 돼지며 닭들
치마 아래에 돌아버린 문명의 황폐한 쓰레기를 품고
열린 창문 앞에서 빨래를 탈탈 털어 보푸라기나 실밥을
뜯으며

다면화된 몸을 조합하여 추스르며
조용히 빨래를 개키는 한 여인이 있다
뜨거운 다리미 같은 여인의 손은 쓸쓸한 노동의 손이 아니라
니라
창자가 끊어지게 사랑이 하는 일

지금 어느 해변가에는 등대가 켜지겠지
열린 창문 앞에서
한 여인이 면면으로 뜯어지는 얼굴을 막으며 빨래를 개키고 있기 때문에
고 있기 때문에
정면 측면 좌측 우측으로 달아나려는 조각조각 얼굴을 봉합하면서
합하면서
최후의 힘으로
사랑이 하는 일
사랑은 오직 가난하고 위급할 때 오기 때문에

비누 만드는 여자

베네치아, 카나레조구, 카도로역 부근,
오래된 상점들이 줄 지어 있다
은행도 있고 마트도 빵집도 까페도 약국도 있다
그 옆에 비누 상점이 있다
아침마다 여자는 비누 상점 앞에 나와
유리병을 흔들고 있다
여자의 두 팔은 상하로 좌우로 흔들리며
따뜻하게 녹인 비누액과 색과 향이 잘 섞이도록 흔드는
것이다

연둣빛, 연노랑빛, 분홍빛, 우윳빛, 보랏빛,
재스민, 라벤더 빛의 천연 비누액이 찰랑거리며
하얀 신성의 아지랑이 안에
색과 향이 이리저리 섞인다
파란 하늘을 배경으로
수평선 안으로 하얀 돛단배가 들어오는 것 같다

여자가 상점 안으로 들어가자 나는 유리창 안을 들여다
본다

여자는 긴 테이블에 놓인 여러 모양의
몰드에다 비누액을 부어 넣고 있다
쿠키를 만들 때 쿠키 틀에다 빵 반죽을 넣듯이
여러 모양의 몰드에 비누액을 부어 넣고
비누가 굳어가는 시간을 조용히 들여다본다
환한 햇빛 안에 초침이 사과 꽃잎처럼 사뿐사뿐 쌓인다

카나레조구, 카도로역 부근,
작고 더러운 광장에 있는 황금 사자상의 입에서 물이 나
오는데
발이 빨간 비둘기들이 앉아 비뚤빼뚤 물을 마신다
갑자기 허공을 찢는 날카롭고 거친 소리가 들린다
아드리아해에서 날아온 갈매기들이
악다구니를 지르며 쓰레기 봉지를 찢고 있다
날개로 바닥을 막 치며 피자 조각을 질질 끌고 간다

비누를 만드는 여자는 상점 앞에 다시 나와
비누 하나를 들어 햇빛에 비추어본다
투명하고도 밝은 비누, 고요한 비누,

오늘의 비누가 하나님 보시기에 좋은가, 검사하는 것 같다
향기로운 거품이 되었다가 점점 더 작아지는 비누의 살
그녀의 두 팔은 희고 튼튼하다
그녀가 비누액 유리병을 흔들고 있는 그 거리의 오전이
나는 좋다
비둘기와 갈매기가 싸우는 광장 옆에서
그녀가 아름다운 비누를 만들기 위해 일하고 있는 것이
나는 좋다

태양 시인의 변전, 혹은 죽음과
신성(神性)의 동일화와 이행

정과리

저녁에 해 떨어지는 시간에 어렴풋이 이해가 되었다
지금, 여기는, 지상이라고
──「지상의 짧은 시」 부분

1. 태양 시인 김승희

『태양 미사』(고려원 1979)를 떠올리지 않고 김승희의 시를
생각할 수 없다. 1970년대는 거의 모든 시인이 세상의 어둠
과 사람의 설움 앞에서 곡을 하던 시절이었다. 유일하게 정
현종이 "많은 한국 현대시가 결핍과 패배를 잘 드러내고 있
지만 그것을 충족시키기에는 모자라는 면이 있다는 느낌을
지울 수 없다"[1]는 현상을 지적하면서 '충족성으로서의 시'

171

를 주장하였지만 그것을 온전히 이해한 사람은 거의 없었다.

등단작 「그림 속의 물」(1973)에서 삶의 무게를 훌쩍 덜어낸 듯한 경쾌한 행보를 묘사함으로써 자신의 이채로움을 드러냈던 김승희는 이어서 「해님의 사냥꾼」「흰 여름의 포장마차」「수렵의 요정은 가다」「모차르트 주제에 의한 햇빛 풍경 한장」 등 일련의 시편들에서 한결같이 태양의 이미지를 투영하고 삽입하고 방사함으로써 「천진한 태양제」의 시인으로서 자신의 면모를 세워나갔다.

젊은 시인에게 태양의 상징성은 명백하고도 도발적이었다. 당시의 한국인 대부분이 시대의 어둠에 압도당한 상태였다면, 김승희는 그런 어둠을 단번에 젖혀버리는 입장을 취한다.

어둠이 태양을 선행하니까
태양은 어둠을 살해한다.
현실이 꿈을 선행하니까
그리고 꿈은 현실을 살해한다.
　　　　　—「태양 미사」(『태양 미사』, 이하 같은 책) 부분

라는 파격적인 선언을 보라. 게다가 이 선언은 더 큰 선언으

1) 정현종 「시와 행동, 추억과 역사」, 『숨과 꿈』, 문학과지성사 1982, 113면.

172

로 확장된다.

　　나는 감히 상상하도다.
　　영원한 궤도 위에서 나의 불이
　　태양으로 회귀하는 것을.
　　언제나, 그리고 영원토록.

　　나의 생명과 저 방대한 생명을
　　연결해달라,

　어두운 현실의 박멸자로서의 꿈, 상상을 자유자재로 운용하기를 소망하는 주체. 그것이 젊은 시인의 '자아'이다.

　이런 자아가 어떻게 태어났을까? 이 질문은 두겹을 지닌다. 하나는 말 그대로 설움이 "풀벌레 소리"(이용악 「풀벌레 소리 가득 차 있었다」)처럼 가득 차 있던 한국사의 내부에서 어떻게 이런 호방한 주체가 태어날 수 있었는가 하는 것이다. 이런 태도는 당시에 희귀했던 것은 물론, 1987년 이전에는 바람직하지 못한 것으로 간주되곤 했었다. 1980년대 초반 민주화의 출구를 뚫고자 하는 의도에서 분출했던 무크지 바람 속에서 사회적인 것의 거부와 상상력의 자유로운 해방을 표방한 '시운동' 동인이 출현하였는데, 이들의 유별난 태도는 전혀 이해받지 못한 채 얼바람 맞은 철부지들의 실없는 장난으로 비쳐서 당시 동세대 문인들의 집중포화를 받아야만

했으며,[2] 그로 인해 온전한 운동으로 발전할 수가 없었다.

그렇기 때문에 '시운동'보다 훨씬 앞서서 표출된 김승희의 이 돌출에 선입관이 작용할 여지가 컸고, 그것이 어쩌면 김승희의 시적 행보가 당시 창간된『문학사상』을 통해 매우 활발하게 진행되어갔음에도 상대적으로 주목받지 못한 원인이 되었을 수도 있다.「그림 속의 물」에서 표현된, "그의 귀는 바람에 날리는/은(銀)잎삭"의 가벼움이 좀처럼 용납이 안 되던 시절이었던 것이다. 이런 짐작 속에서 오늘의 김승희 시를 온전히 이해하기 위해 그의 젊은 시절을 되돌아본다면, 선입관을 물리치고 시를 직접 음미할 필요가 있다.

2. 태양족의 세계관

신화지들을 뒤지면, 태양 상징에 관한 에피소드는 크게 두가지로 대별되는 것으로 보인다. 하나는 '이카루스'로 대

---

2) 그 공격을 주도한 건 고(故) 채광석과 필자였다. 채광석「부끄러움과 힘의 부재」(『한국문학의 현단계 Ⅱ』, 창작과비평사 1983), 정과리「소집단 운동의 양상과 의미」(『우리 세대의 문학』, 문학과지성사 1983)를 참조하라. 지금 그 글들을 돌이켜 들여다보니, 시대의 압력에 짓눌려 시야가 극도로 축소되어 있었던 필자의 아둔함을 책망하지 않을 수 없다. 궁극적으로 저 글들은 한국문학의 지평을 좁히는 일에만 기여했고, 재능 있는 시인들이 일탈하는 계기로 작용하였다.

표되는 태양 근접의 실패에 관한 것들이다. 다른 하나는 유대적 전통 속에서 발견되는 것으로, 다양하고 복잡한 햇살들, 즉 광선들의 현상으로 태양을 드러내는 '세피로스(Sephiroth)' 상징과 관련된 것들이다. 태양 상징에 관한 이 두 이야기 집단은 상반된 방향을 취하지만 하나의 근거를 공유하는데, 그것은 태양과의 동일시의 불가능성이다. 이카루스는 태양에 의해 녹아버리고, 세피로스적 존재들은 태양의 방사물이지 태양 그 자체가 아니다. 그것은 "원리와 구현의 관계"를 보여주며, "포획 불가능한 본질을 포획하고자 하는"[3] 움직임의 발현이다.

이러한 근거는 상징이든 시든 신화든 간에 사람의 일인 이상 정상적이다. 서양적 전통에서 절대적 큰 타자와의 단절은 근원적인 것이다. 그렇다면 젊은 김승희의 시에서 나타나는 태양과의 친연성은 어느 쪽에 속하는가? 얼핏 보아서는 둘 모두와 관련이 없고 오히려 태양과의 동일시 쪽에 가까운 것이 아닐까 짐작하게 된다. 앞에서 인용한 시구들의 과감함도 그렇거니와 같은 시의 시구,

나는 감히

3) *Dictionnaire des symboles*(상징사전), dirigés par Jean Chevalier, Alain Gheerbrant, Paris: Robert Laffont 1982, 859면. '세피로스'는 '다수성으로 만들기(numération)'의 뜻이다.

신비스런 미립자의 햇빛 파장이
　　나의 생을 태양에 연결시킬 것을
　　꿈꾸도다.

에서 드러나는 "나의 생"과 '태양'의 연결에 대한 소망의 피
력이 그런 짐작을 뒷받침한다. 그러나 좀더 자세히 들여다볼
필요가 있다. 위 시구에서 '생'과 '태양'의 연결 선이 "햇빛
파장"이라는 것은 시적 화자가 자신을 태양과 곧바로 동일
시하는 것이 아니라 "햇빛 파장"의 선을 타고 다가가려는 자
세를 취한다는 것을 알려준다. 단, 일반적인 광선 상징이 태
양으로부터 지상으로 내리쬐는 하강선을 그린다면, 김승희
의 광선은 역방향을 취한다는 것이 유다르다고 할 수 있다.
　　그러니 김승희의 시적 인식에서 그로 하여금 태양을 향하
게 한 다른 세력, 즉 '태양 이전에 어둠이 있었다'는 점을 먼
저 고려해야 할 것이다. 과연 그는 "어둠이 태양을 선행"한
다는 것을 명시하였던 것이다. 그리고 이 어둠의 '미리-존
재함'을 느끼는 사람은 또한 그것의 끈덕진 점착력에 절망
한 사람이다. 시인은,

　　그리고 저 석간신문의
　　냉혹한 검은 장갑,
　　밤늦게 우리들은 혼자 앉아서
　　우리들은 어디로 떠나야 할까요?

죽은 새들은 도시가 슬퍼서

　　밤마다 밤마다

　　지평선을 넘어서

　　사라졌다 오지요,

　　　　　──「초금(草琴)은 이 땅에서 무엇을 보았나?」 부분

라며 자주 슬퍼한다. 이런 슬픔은 심지어 향일성에도 영향
을 미쳐서, 가장 뜨거운 적도에서 "더이상 깊을 수 없는 불
의 병"에 걸렸음을 고백하게 한다.

　　운명이 나에게 불의 옷을 입혔을 때

　　나는 쉽게도 쓰러지고 말았지.

　　더이상 깊을 수 없는 불의 병(病) 속에

　　나는 오래 서 있었네.

　　　　　　　　　　　　──「슬픈 적도」 부분

　　태양과 동일화되려는 노력은 '태양'을, 포획되지 못한 채
가슴 속에서 타들어가며, 가슴을 태우는 불덩어리로 화할
뿐이다. 그럼에도 그의 태양제는 멈추질 않는다. 방금 본 시
구에서처럼 그는 "불의 병"에 걸려서도 "오래 서 있"는 것이
다. 그리고 그런 자세가 긍정적 색조를 띠면서 시집 전체의
분위기를 조성한다. 그것이 어떻게 가능한가? 이것이 두번

째 질문이며, 이 질문은 시적 방법론에 대한 것이다. 우선 이
버팀은 필사적인 세계관을 낳는다.

어디로 움직이고 있지?
나의 모든 것을 조금씩 조금씩.

오, 모든 것은, 모든 것이란
무엇을 뜻하냐고?
그것은 '멸망하는'이란 말인 것이다.
반드시, 오, 반드시
시인들이 부르지 않을 수 없는
스무세기 사형수의 노래.
　　　　　　　　　——「천왕성으로의 망원(望遠)」 부분

　화자는 "나의 모든 것"에 '멸망'의 성격을 부여하고는 그
모든 것을 "조금씩 조금씩" 움직인다. 여기에서 '어디로?'
라는 질문은 우문이 되리라. '소생 쪽으로'가 일차적인 답이
며, 그 답은 다시 '태양 쪽으로'일 것이다. 그러나 이 대답은
현답이 아니다. 시 제목을 보라, '천왕성으로의 망원'이다.
천왕성은 태양에서 지구보다 더 먼 곳에 위치한다. 그렇다면
그것이 어떻게 '태양 쪽으로'의 뜻을 가질 수 있단 말인가?
　이를 이해하려면 '쪽으로'라는 방향성이 공간적인 것이
아니라 형질적인 것임을, 그리고 천왕성의 거리가 '멸망'으

로부터의 거리임을 간파해야 한다. 즉 우리가 흔히 "내 몸의 상태가 건강한 쪽으로 조금씩 움직이고 있어"라고 말하듯이, 지금 '멸망'의 반대말로서의 '태양' 쪽으로 움직인다는 것이며, 그것을 가능케 할 원소 중 하나인 '천왕성'은 멸망과 멀리 떨어져 있는 모종의 신생의 기미, 즉 멸망하는 내 모든 것 안에 숨어 있는 '다른 무엇'을 가리킨다는 것이다. 과연 시는 후반부에 접어들어,

> 나는 단지 말없이
> 한 사람의 시인에게 망원경을 건네준다.
> 그는 알아야 하리라.
> 은하계에는 아직도 많은 별이 있음을
> 오, 모든 것은 모든 것이란
> 지금 '시작되는' 것이라는 것을
> 그만은 정녕코 몰라서는 안 되리라.

라고 선언하는 것이니, '멸망하는'은 '시작되는'으로 성질을 바꾸고, 그것은 그대로 "나의 모든 것"에 적용되어야 하는 것이다. 그리고 그런 전복은 결코 자연스럽게 이루어지는 것이 아니라 의지와 결심과 자세의 변화로 가능하다. 후반부가 '명령성 미래시제'로 이루어진 것은 그 때문이다. 실상 그것은 앞의 시구에서 "시인들이 부르지 않을 수 없는/스무세기 사형수의 노래"라고 규정되었던 것이다. 한가지

179

덧붙이자면, 이러한 형질의 변경을 이루기 위해 본체 안에 숨어 있는 다른 것들을 찾아내는 작업은 수량의 증가를 필경 유발하게 되어 있는바, 시인이 '20세기'로 지칭해야 할 것을 '스무세기'로 바꾸어 말한 소이가 거기에 있다. 즉, 멸망에서 소생으로 "조금씩 조금씩" 변화시키는 이 작업은 '스무세기'라는 시간의 축적을 필요로 하는 것이다.

3. 태양은 어떻게 시로 들어오는가

독자는 이제 독특한 시적 방법론이 김승희의 초기 시에서 관철되고 있음을 알아차릴 수 있다. 첫째, 공간적 분리를 형질의 함량으로 바꾸기이다. 즉, '태양/나'의 분리를 지우고 '나-태양적인 만큼'과 '나-태양적이지 못한 만큼'으로 바꾸는 것이다. 그럼으로써 '나'의 내부에서 변화 가능성이 싹튼다. 둘째, 내부의 분할을 외부적으로는 전일화함으로써 '나'의 동일성을 유지한다는 것이다. 그 동일성이 없으면 '나'의 운동 자체가 불가능할 것이다. "한 사람의 시인"이라든가 "나의 모든 것"이라는 지칭은 그런 동일성을 표지한다. 셋째, 이 내부의 양적 분할과 외부의 질적 통일을 끌고 나가기 위해서는 정신분석학에서 말하는 '주체의 분열'이 방법론적으로 요청된다는 것이다. 즉, '태양적인 나'와 '태양적이지 않은 나'로 나눠진다. 양적 분할과 질적 전일성이 결합

해서 두 주체를 만들어내고, 주체의 운동은 부정적 주체에서 긍정적 주체로 자신을 바꾸는 행위가 된다.

그런데 여기에서 하나의 난제가 나온다. '태양적인 나'는 '나'와 태양의 동일성을 전제로 한다. 이런 태도는 앞에서 보았던 이카루스적인 것도, 세피로스적인 것도 아니다. 굳이 신화지들에 기대자면, 이런 모습은 불 속에 거주하는 존재로서의 '살라망드르(Salamandre)'에 가깝다. 이것은 김승희의 시적 태도가 태양과의 직접적인 동일화를 추구한다는 것을 알려준다. 그러나 이런 자세는 실제로는 불가능하다. 태양과 '나' 사이에는 단절의 금이 그어져 있기 때문이다. 그래서 살라망드르 상징 자체가 '불'이자 '불을 끄는 존재' (혹은 불에 꺼진 존재. 이집트 신화에서는 "추위로 얼어 죽은 사람"을 가리키는 상형문자가 그것이다[4])인 것처럼, 이것은 불 자체의 분열 혹은 (불꺼짐으로서의) 상태 변화를 동시에 의미한다. 즉, 태양과의 동일시가 가능하려면 태양 자체가 주체의 분열에 조응하여 분열되어야 하는 것이다. 불의 존재가 한갓 도롱뇽(살라망드르의 또다른 뜻으로, 어떤 현대 신화에서 도롱뇽은 '인(燐)'을 가져다주는 존재이다.[5] '인'은 분리되어서 축소된 햇빛이라 할 수 있다)으로 외화

---

4) 앞의 책, 842면.
5) Eleazar M. Meletinsky, *The Poetics of Myth*(신화 시학), translated by Guy Lanoue & Alexandre Sadetsky, Routledge 2000, 269면.

될 때 비로소 주체와 짝을 맞출 수가 있다.

　김승희 초기 시의 마지막 처리는 여기에 있다. 태양을 분
열하고 축소해서 작은 주체가 품을 수 있는 것으로 만드는
것이다. 과연,

　　어느 하늘 아래인 듯
　　불새깃을 주웠다.
　　(…)

　　강가의 풀무덤 가운데 하나만은
　　아직도 불새깃을 감추이고
　　있으리라 믿으며
　　　　　　　　　　　　　　　　　　—「찬란한 태양제」 부분

　　니콜로 파가니니의 난간에서
　　속병이 깊은 말〔馬〕은
　　세계를 짧게 만나고 있다.

　　(…)

　　거만한 말〔言〕은 시간을 쥐고
　　은빛 현이
　　활짝 일어난다.

182

—「죽은 말의 꿈」 부분

밤에 파르디타를 듣는 슬픔

바흐에게 혼자 가는 슬픔

—「가을 자오선의 슬픔」 부분

꽃을 주겠다, 너의 탯줄 위에

비를 주겠다, 너의 태반 위에

화염을 놓아주겠다, 너의 배꼽 위에.

—「이 염색공장 아이들을 위해」 부분

위의 시들에서 "불새깃" "은빛 현" "파르디타" "꽃" "비" 등은 모두 작아진 태양으로서, 시집 전체는 이런 이미지들로 반짝인다.

이것들은 모두 '태양'의 절편(fetiche)이다. 정신분석학적 시각에서 페티시즘은 잘 알려져 있다시피 남근의 부재에서 유래하는 '자아 분열'의 한 양상으로, 다른 분열 양상들과 비교해 그것이 갖는 특성은 분열된 두 자아 사이의 넘나듦에서 모순을 느끼지 않는다는 것이다.[6] 본래의 대상을 축

---

6) "물신의 구성 그 자체 안에는 거세의 부인과 긍정을 똑같이 발견한다." 프로이트 『페티시즘』(1927), in Sigmund Freud, Œuvres complètes, Psychanalyse 1926~1930, Paris: Presses universitaires de France 1994, 130면.

소된 대상으로 바꿔치기하는 데에 그 비결이 있다는 것은 쉽게 알아차릴 수 있는 일이다. 그래서 시인은 "표범과 매와 태양과 절망을/언니는 쫓고 나는 잡고"(「해님의 사냥꾼」) 같은 시구에서 보이듯, '태양'과 '절망'을 같은 광주리에 넣고 '놀' 수가 있게 된다.

그 덕분에 젊은 시인은 이상에 대한 지향을 유지할 수 있었을 것이다. 더욱이 '태양'적인 것, 즉 긍정과 충만의 세계가 막무가내로 부정당하던 시대에 그것의 가능성을 '확신'의 방식으로 보존하기 위해서 그 축소는 불가피한 선택이었을 것이고, 독자들은, 오늘날의 독자들까지 포함하여, 상실된 이상을 느낄 수 있는 다양한 감각적 체험들을 순례할 수 있는 것이다. (1970년대의 독자들이 그런 감각을 향유할 수 없었다는 것을 떠올려보라. 얼마나 아쉬운 일인가.) 덧붙여, 그럼에도 그런 감각적 대상들의 순례가 시인에게 "혼자 가는 슬픔"을 자아낸다는 것은 시인이 그 축소된 대상의 유한성을 정직하게 의식하고 있었음을 가리킨다.

4. 태양의 추락

김승희가 한국 시사에 이채로운 지평의 틈을 연 지 거의 50년이 되었다. 그동안 그의 시에도 큰 변화가 있었다. 무슨 일이 일어났을까? 이 해설은 그 사연까지 다 되짚지는 못한

184

다. 대신 훌쩍 건너뛰어 오늘의 시집을 그의 최초의 출분에
비추어 해석해보고자 한다.

겉으로 보면 그의 세계는 아주 멀리 나아가서 아주 대극
적인 상태에 와 있는 것처럼 여겨진다. 무엇보다도 적극성
과 활달성 안에 '자학'과 '냉소'가 끼어드는 시간이었던 것
같다. 첫 시를 보자.

꿈틀거리다
꿈이 있으면 꿈틀거린다
꿈틀거린다,라는 말 안에
토마토 어금니를 꽉 깨물고
꿈이라는 말이 의젓하게 먼저 와 있지 않은가

소금 맞은 지렁이같이 꿈틀꿈틀
매미도 껍질을 찢고 꿈틀꿈틀 생살로 나오는데
어느 아픈 날 밤중에
가슴에서 심장이 꿈틀꿈틀할 때도
　　　　　　　　　　　　　　　　──「꿈틀거리다」 부분

이 시가 어둠과 절망에서 출발하고 있다는 것을 문제 삼
을 이유는 없다. 그의 초기 시에서도 어둠의 끈덕짐은 충분
히 보았었다. 또한 어둠을 떨치고 희망을 심는 의지의 불끈
거림도 다르지 않다. 그러나 그 양태에 대한 느낌은 아주 다

르다.

우선 "꿈틀거린다"라는 어사를 통해 '꿈의 존속'을 길어
내었다. 그런데 이 재치 있는 발상은 구체적인 형상 없이 오
로지 언어적 조작에 기대고 있다. 형상으로는 "토마토 어금
니를 꽉 깨물고" "소금 맞은 지렁이" "매미도 껍질을 찢고
꿈틀꿈틀 생살로 나오는" 모양 등이 제시되어 있는데, 꿈의
광경을 충족하기에는 충분치 않다. 오히려 "소금 맞은 지렁
이"의 형상은 매우 섬쩍지근한 가학적인 양태라서 '꿈틀'에
의미를 보태기 위해 시인이 매우 힘을 주고 있다는 안쓰러
움을, 그리고 "토마토 어금니를 꽉 깨물고"라는 이상야릇한
표현은 시인이 병원에서 충치를 제거하다가 시를 착상하게
되었나라는 암시를 주어 꿈 자체에 집중시키기보다는 시인
의 희극적인 사정에 기웃거리게 만든다.

이런 버성김은 이어지는 다음 시들의 '단무지' 이미지에
와서 속사정을 얼마간 드러낸다. 두번째 시 「단무지와 베이
컨의 진실한 사람」에서 화자는 세가지 마음을 표출한다.

(1) 진실한 사람 앞에선 불안하다. 차라리 단무지나 베
이컨이 되고 싶다.
(2) 진심은 고결한 사치인 데 비해, 단무지(베이컨)는
온몸이 조용한 진심이다.
(3) 진심은 그 뒤에 숨어 있는 본심이 움직인다. 반면에
단무지는 숨기는 게 없다.

모순되는 진술들이 혼란스럽게 뒤섞여 있는 듯이 보이지만, 곰곰이 들여다보면 그 뜻을 알 수가 있다.

열쇠는 (2)에 있다. 이 진술에서 '진심'과 '단무지(베이컨)'는 동일하게 지칭되어 있으면서 동시에 다르게 의미된다. 진심도 진심이고, 단무지도 진심이다. 그러나 다른 점이 있다. 단무지는 "온몸이 조용한 진심"이다. 반면에 이른바 '진심'은 "고결한 사치"이다. 그것은 뒤에 감추어져 있는 '본심'에 의해 조종된다. 화려한 사치도 그 조종의 결과이다. 이쯤에서는 '진심'이 '진심이라고 주장되는 것들'이라는 사실을 알아차릴 수 있다. 즉, 진심의 이름을 달고 드러나는 것은 본심에 의해 조종된 거짓말들이다. 그것은 "본심의 배신이자 돼지머리처럼 눌러놓은 꽃"이다. 반면에 "뼛속까지" 노란 '단무지'는 그냥 있는 그대로 자신의 모습을 드러낼 뿐이다. 그것이 "온몸이 조용한 진심"이라는 말의 뜻이다.

그러니까 거짓이 진심 행세를 하는 세상이다. 이런 세상에서는 진실을 알 수가 없다. 그래서 화자는 진실한 사람 앞에서 불안하다. 차라리 '단무지'가 되고 싶은데, 단무지가 된다는 것은 말 그대로 조용히 진심을 드러내는 것인가?

거기에 문제가 있다. "온몸이 조용한 진심"은 그냥 몸일 뿐, 그것이 무슨 의미인지 알릴 수가 없기 때문이다. 진심의 뜻을 알리려면 진심이려고 해야 한다. 그런데 진심이려고 하면 거짓에 빠질 수 있다. 따라서 첫 연의 "진실한 사람 앞

에선 늘 불안하다"라는 진술은 '나' 자신에 대해서는 진실
의 선택 불가능성이라는 궁지로 드러난다.

이런 궁지는 궁극적으로 진실이 사라진 시대에 대한 시인
의 절망을 반영한다. 앞선 논의의 연장선상에서 보자면, 그
것은 태양의 변질이다. 독자는 앞에서 태양이 제유로써 시
인에게 간직되었던 것을 보았다. 그런데 시인은 이제 그 편
린의 배반을 본 것이다. "본심의 배신이자 돼지머리처럼 눌
러놓은 꽃"이라는 시구가 그것을 정확히 가리킨다. 태양은
이제 어떤 형태로든 본래의 태양을 지시하지 못한다. 왜냐
하면 태양은 추락했기 때문이다. 태양의 추락으로 인해 화
자에게는 이제 삶의 뜻도 없고, 당연히 삶의 미래도 없다. 마
지막 연은 이렇게 쓰인다.

　　무엇을 바라는가
　　내일이 없는 지 오래되었는데
　　무엇을 바라는가
　　진심이 바래 섬망의 하얀 전류가 냉장고 속에 가득 차
있는데
　　무엇을 바라는가
　　단무지와 베이컨 이후는 생각해본 적이 없는데
　　무엇을 무엇을 무엇을 더 바라는가

이 구절은 두가지 전언을 담고 있다. 하나는 '태양의 추

락'에 대한 명백한 선언이다. 태양은 '꽃'으로 지상화된 다음 "돼지머리처럼" 눌러 놓는다. 사람들은 이제 꽃에게 절하는 척 꽃을 먹는다. 태양은 상석에 떠받들어진 먹이이다.

그러나 당연히 논리적으로 또 하나의 결과가 있다. 그래서 그는 지상의 삶 그 자체로 돌아온다. 그것이 '단무지와 베이컨'이 있는 곳, 즉 일상적 생활의 자리이다. 마지막 두 행은 한편으로 그것을 정확히 적시하고, 다른 한편으로 그것의 가능성에 의문을 던지는 이중적 함의를 지닌다.

즉, "단무지와 베이컨 이후는 생각해본 적이 없는데"라는 구절은 '이제는 추락한 태양에 연연하지 않겠다'는 뜻으로 읽힐 수 있으며, 이때 마지막 행은 '이 생활의 자리 외에 다른 곳을 넘보지 말라'는 뜻을 가지게 된다. 그러나 앞 연들의 독서의 연장선상에서 보자면 "단무지와 베이컨"의 삶으로 그칠 수 없으며, "무엇을 더 바라"야만 한다는 뜻을 가지게 된다. 왜냐하면 단무지와 베이컨의 존재를 있는 그대로 긍정한다는 것은 그저 '존재자'의 상태로 사는 것을 수락하는 것일 뿐이기 때문이다. 그 점을 엄격하게 가리키는 것이 이 지상적 존재의 모습인 '단무지와 베이컨', 즉 먹이의 형태라는 사실이다. 추락한 태양만 먹이인 것이 아니라 일상에 뿌리내리는 존재도 먹이이다. 이 시는 일상을 미화하는 흔하디흔한 이야기 중의 하나가 아니다. 존재자의 상태로 머무는 한 여전히 이른바 '진심'의 세계 혹은 '진실'의 세계에 휘말려들게 마련이라는 '무서운 진실'을 냉정하게 드러내는

시이다. 그가 예전에 어느 시에서 쓴 것처럼, 적나라한 사실
이 적나라한 그대로 남는 현상은 가능하지 않다. 그것은 '진
실'의 이름을 내세운 어떤 것들에 의해서도 의미가 부여됨
으로써 의미의 감옥 속에 갇힌다.

> 시티 은행 지점장이 한강변에서 음독 자살을 하고
> 시력이 나쁜 나는 그 기사를 읽기 위해
> 신문지를 얼굴 가까이 댄다
> 신문지가 얼굴을 와락 잡아당겨
> 내 피부에서 떨어지지 않는다
> 하는 수 없이 나는 그 신문이 된다
> 몸에서 활자가 벗겨지지 않는다
> ──「식탁이 밥을 차린다」(『빗자루를 타고 달리는 웃음』,
> 민음사 2000) 부분

5. 피 흘리는 태양

그러니 독자는 다시 한번 생각한다. '단무지와 베이컨'이
무얼 해도 해야 하는 게 아닌가? 다음 시는 그렇게 몸부림을
친다.

> 단무지는 단순 무식 지랄의 줄임말이라지

> 뼈도 녹인다는 소금 식초 속에 쓰라리게 절여진,
> 탯줄을 달고 콘크리트 바닥에 내던져져 죽은 신생아와
> 이 모든 버려진 것들의 비참을 끌어안고
> 진저리 나는 소금 식초의 사바나의 침묵 속에서
> ──「단무지는 단무지 사바나는 사바나 단무지는 사바나」부분

"뼈도 녹인다는""진저리 나는 소금 식초"속에 "쓰라리게 절여진" 채로 그는 안간힘을 쓴다. 하지만 그것은 앞에서 본 "꿈틀거리다"처럼 언어적 조작에 의해 간신히 발화되고 있다. 의미 독재의 세계에 "단순 무식 지랄"이라는 파자(破字) 놀이를 통해 스스로의 몸뚱어리가 지닌 저항성을 증명하려고 한다. 그러나 이미 보았듯, 이 저항은 도돌이표다. 그 것뿐일까?

이어지는 시구 그대로, "알고 보면 고요한 사바나의 침묵은 정말 더 큰 것을 품고 있다". 일단은 "힘의 그늘에서 그늘의 힘으로 관통하는 고요"만이 느껴지지만 이 안에 무언가가 있다. 그 무언가가 없다면 시는 더이상 쓰이지 않을 것이다.

앞에서 읽었던 첫 시로 돌아가보자. 시에서 느껴지는 어정쩡함에도 그 사이에 동그라니 남는 게 있다. "토마토 어금니를 꽉 깨물고"라는, 해독이 쉽지 않은 표현이다.

순수한 의미론적 독해로 보자면, 이는 강한 의지의 표현이다. 토마토의 '붉음'이 피를 연상시키고(그래서 독자가

발치를 떠올렸듯이), "어금니를 꽉 깨물고"는 '굳게 결심하고 무언가와 싸우려고 하는' 마음의 묘사이기 때문이다. 게다가 이 표현은 세계어에 보편적인 것이다. 영어의 'clench one's molar'나 프랑스어의 'serrer les dents'도 같은 형상이고 같은 의미이다.

그런데 문제는 "토마토 어금니"라는 어구이다. 이는 문법적으로는 성립할 수 없는 말이다. 토마토에는 어금니가 없기 때문이다. 만일 이 토마토를 '피의 응어리'의 비유로 보고 토마토에 어금니가 있다고 가정한다면, 어금니를 사리무는 것은 으깨진 토마토가 가리키는 피 터진 꼴밖에 보여줄게 없으며, 이는 '어금니를 악물다'의 사전적 뜻에 어울리지 않는다.

그러나 바로 그것을 시적 표현이 노리는 것이라면? 즉, 모든 것이 적나라하게 망가진 상태 자체가 투쟁의 기치를 치켜든 것이라는 것을 알리고자 하는 것이라면?

여기에서 독자는 이 토마토가 그냥 핏덩어리가 아니라 '태양'의 절편이었음을 떠올린다. 그 모양만 가지고서도 유추할 수 있지만 다른 증거들도 있다. 시인은 예전에,

  토마토 한복판을 가운데로 잘라내
  똑똑 떨어지는 붉은 태양혈을 배꼽에 칠하고
  응애 놀이를 하며 다시 태어나는 그런 사랑
  ──「13월 13일의 사랑」(『빗자루를 타고 달리는 웃음』) 부분

이라고 노래한 바 있다. 또한 다음과 같은 진술 역시 얼어붙은 토마토를 추락한 태양과 동형 관계에 놓는다.

급속 냉동실에 들어간 토마토처럼 피가 얼어붙었어요
——「나상(裸像)의 아버지」(『도미는 도마 위에서』, 난다 2017)
부분

그러니까 태양은 그냥 추락한 것이 아니다. 지상적 사물로 전락하는 순간 지상적인 것들 속에 스며들어, 지상적인 것들 안에 저의 본령(本領)을 심으면서 자신의 본령(本靈)을 팔딱이게 된 것이다.

분명 시인 김승희에게 태양은 항구적인 심근이다. 그런데 이번 시집에서 달라진 점이 있다. 태양이 초기의 시들에서처럼 조각으로, 장난감으로, 제유의 한 토막으로 지상적인 것들과 공존하게 된 것이 아니라, 지상적인 것(무의미한 것)과 동일시됨으로써 거꾸로 자신의 살아 있는 모습 자체를 되찾으려 한다. "토마토 어금니"라는 표현이 다시 등장하는 또 하나의 시편은 그 광경을 처참하게 드러낸다.

밭 귀퉁이에 뿌리를 둔 토마토 줄기가
거기서부터 시작하여 줄기줄기 땅을 기어가고 있었고
토실토실한 토마토들이 주렁주렁

땀을 흘리며 빨갛게 익어가는 중이었다
아깝게도 땅에 닿은 토마토의 뺨은 욕창이 나서 썩고
있었다

병원에 입원한 가족을 부르고 싶었으나
그가 오려면 앰뷸런스가 와야 하기 때문에
혼자 토마토의 넘실거리는 화려한 생애를 보고 있었다
토마토는 물결, 무리 지어 흔들리는 하나의 붉은 물결
퇴원을 해서 이리 와야지, 토마토밭으로 입원해야지
토마토 어금니를 꽉 물고서
우리 함께……

썩을 수 있는 육체라는 해방 영역이 슬프고도 무서웠다
　　　　　　　　　　　　　　—「토마토 씨앗을 심고서」부분

　"병원에 입원한 가족"(이는 가족과 함께 원족 가는 즐거
움을 포기하게 되는 원인이다)은 옛날의 즐거움의 원천이
사라졌음을 암시한다. 그 상실로 인해 화자는 토마토를 심
는다. 토마토가 추락한 태양의 대체임을 아는 독자는 이제
그것이 온전히 지상에 정착하는 게 아니라 "욕창이 나서
썩"을 수밖에 없는 광경을 보게 된다. 그러나 화자는 이 썩
는 모습에 신생의 광경이 겹쳐지는 것을 환각적으로 본다.
분명히 썩고 있었는데 "넘실거리는 화려한 생애"를 펼치는

것이다. 이때 화자는 "토마토밭으로 입원해"야 한다는 깨달음을 얻게 된다. 왜냐하면 죽음인 줄 알았는데 새 삶이니까. 그렇다면 죽어야 산다. "토마토 어금니를 꽉 깨물고"는 여기에 와서 아주 명료한 의미를 얻는다.

그런데 죽어야 산다는 것은 쉽게 실행할 수 있는 게 아니다. 토마토 군집의 차원에서 보자면 종족의 지속을 가리키지만, 인간에게는 그 지속을 그냥 받아들이기 힘든 사정이 있다. 인간은 무엇보다도 시방 '개체'로서, 좀더 정확하게 말해 '개별 지적 생명체'로서 존재하기 때문이다. 그리고 진화의 추이로 볼 때, 지적 생명체의 의식이 발달할수록 '개체성'에 대한 욕망은 더욱 강해질 것이다. "내가 죽고서 네가 산다면"(서정주 「푸르른 날」)이라는 옛 노래도 있지만, 말이 그렇다는 얘기지 그것을 정말 실행한다는 것은 '순교'라 하더라도, 혹은 모종의 대가가 있다 하더라도 무서운 일이다. 인간일수록, 다시 말해 지적 생명체일수록 "우리 함께"가 유보되는 결정적인 영역이 있다. 별도로 떨어진 마지막 한 행은 연(聯)의 무게로 그것을 가리킨다.

시인은 순교자가 아니다. 다만 그는 죽어서 사는 실제의 사례를 보았다. 이것은 시인에게 어려운 과제를 부과한다. 어떻게 죽지 않고 죽어서 살 수 있는가?

6. 부활의 방식

여하튼 한가지는 분명해졌다. 태양은 죽음으로써 부활하게 된다. 부활의 신비는 결정적이다. 죽음에서 부활할 뿐 아니라, 옛날의 삶의 방식으로부터도 부활한다. 이제 태양은 지상의 꽃 장식이 아니라 일상적 생명들의 미토콘드리아이다. 전자는 후자들의 내부 발전소이다. "천장에 형광등 하나가 빛을 발하고 있"(「백조의 호수 옆에서」)는 것이다. 혹은 "진심이 바래 섬망의 하얀 전류가 냉장고 속에 가득 차"(「단무지와 베이컨의 진실한 사람」) 있었던 것이다. 그것이 이제 발동을 개시할 때이다.

그런데 어떻게? 이 '어떻게'의 앞에서 처음 언어적 조작이 시작되었다. 그러나 동시에 그것의 부족을 보았다. 그런데 토마토의 부활은 그에게 언어가 아니라 형상의 실마리를 제공하였다. 그 단서로부터 언어는 형상을 갖기 시작한다. 이런 표현을 보라.

> 흰민들레밭을 머리에 인 오월 어머니는
> 피렌체의 모나리자보다 더 아름답다
> 거느릴 것 다 거느리고 누리는 평화가 아니라
> 살아서 육탈한
> 그 가슴에 신에 대한 질문을 가졌기 때문에

흰민들레 같은 어머니의 잔잔한 미소는
인간의 법정에서
인간의 얼굴들을 하얗게 만들었다
　　　　　　　　　　──「오월 모나리자의 미소」 부분

이 시의 첫 연은 다음과 같다.

타버린 숯에서만 흘러나오는 절창이 있다
뼈를 대패로 깎으며 살아온 세월이 있다

　첫 행은 비유가 아니라 선언에 가깝다. '숯'의 용도가 보완하고 있지만, 숯은 매개물이지 본체가 아니다. 그걸 느꼈을 화자는 다음 행에서 삶을 그대로 묘사한다. 그러나 첫 행의 용도는 그 안에 내장된다. 그리고 서서히 불이 붙는다. '숯'에 힘입어서. 그리고 먼저 인용한 시구가 시의 동체를 형성한다. 그 과정을 유념하며 읽어보자.
　"살아서 육탈한"은 문법적으로는 "그 가슴"의 수식어이지만, 시적으로는 그 이상이다. "살아서 육탈한"과 "그 가슴에 신에 대한 질문을 가졌〔다〕"는 동의어이자 인과어(因果語)다. '살아서 육탈한 것은 그 가슴에 신에 대한 질문을 가졌기 때문이다'라는 뜻과 '살아서 육탈함으로써 그 가슴에 신에 대한 질문을 가졌음을 보여주었다'라는 뜻을 동시에 갖는다. 이 시구가 특별한 것은, 이렇게 두 문장을 병치함으로써 동일성과 운동을 동시에 포괄하게끔 하기 때문이다. 그것은 줄여 말해, '육탈'과 '질문'을 동일화함으로써 '육탈'에서 '질문'으로, '질문'에서 '육탈'로 이행하게끔 한다. 동일성에 의해서 방향은 왕복 이행이 가능하게 된다. 죽음에서 신으로, 신에서 죽음으로. 그리고 그러한 '죽음-신성'의 이행은 "살아서 육탈한"이라는 표현으로 응축된다. 왜냐하면 그 표현 자체가 '육체'와 '육체성의 초월'을 동시에 담고 있기 때문이다.

그리고 시인은 최종적으로 규정한다. 그렇게 삶을 치른 이가 바로 "오월 어머니"라고. 그 "오월 어머니"는 삶과 죽음을 무한히 왕복하면서 죽음과 신성을 일치시키고, 그것을 통해 권력과 죽음을 일치시킨다. ("인간의 얼굴들을 하얗게 만들었다") 그럼으로써 다시 거꾸로 돌린다. 저 하얗게 질린 죽음의 권력(그것이 인간 자신이라면)이 부활하려면 어떻게 육탈해야 하는가?라는 질문을 "인간의 법정"에 세운다.

하지만 그녀의 신성도 죽음을 초월하지는 못한다. 마지막 연은 그래서 쓰인다.

뼈를 대패로 깎으며 살아온 시간
움직이지 않는 절대 그날, 오늘도 그날,
그녀의 기억은 원근법조차 허용하지 않았다
신의 법정에서 신은 그녀에게 무엇을 되돌려줄 것인가?

신은 그녀에게 왜 영원한 망각을, 혹은 불멸을 주지 않는가? "신의 법정"에서 신이 그녀에게 되돌려줄 수 있는 것은 '인간됨'밖에 없다. 인간이 스스로 인간임을 자각하고 살려면 저렇게 죽음과 신성을 간직하면서 풀어내는 일밖에 없다.

중요한 것은 두 극단의 동시성이 아니라(그에 대한 표명은 삼척동자도 할 수 있다), 그 동시성을 가능하게 하는 방법론의 발명이다. 위 시는 그 방법론의 요체를 보여준다. 첫째, 언어는 의미하지 않고 (무의미를) 지시한다. 둘째, 언어적 처리는 무의미를 의미로 이동시켜야 하는데, 이는 언어 자체의 자원과 에너지로 가능한 것이 아니다. 셋째, 시인은 언어가 지시하는 무의미에서 의미의 단서를 발견할 때까지 언어적 시행착오를 되풀이한다. 넷째, 발견된 단서는 언어에 형상을 입히는데, 그 형상화의 효과는 감동과 충족이 아니라 감각과 성찰이다. 다섯째, 이 느낌과 성찰은 완성이 아니기 때문에 언어를 통한 형상의 변주를 요구한다. 그 변주가 앞에서 본 동일화와 이행의 동시성이다. 이것이 김승희만의 고유한 방법론이다. 여섯째, 동일화와 이행의 동시성은 형상의 묘사에만 적용되는 것이 아니라, 언어와 더불어 하는 작업이기 때문에 언어의 작동에도 적용되어야 한다. 언어는 한편으로 응축된 명제가 되면서 동시에 병행하는 문장들이 된다.

마지막으로 이 절차는 꼬리에 꼬리를 문 것처럼 항구히 순환한다. 그것이 운명의 수레바퀴를 굴리는 인간의 일이다. 그래서 가장 아름다운 성취는 가장 처절한 고통이다. "토마토 어금니"가 다시 등장하는 다음 시구에서 묘사된 "꽃무릇 한채"처럼.

> 푸른 잎사귀들은 다 떨어져 흙에 녹았고
> 처연한 꽃대에
> 토마토 어금니 같은
> 꽃무릇 한송이 처절하게 올라왔다
>
> 베드로 통곡교회 같다
>
> ──「꽃무릇 한채」부분

이 통곡은 태양을 가슴에 품은 사람이 태양의 본령을 실천한다는 불가능한 일을 하려면 항구히 토해낼 수밖에 없는 것이다. 그 대가로 인간은 서서히 '태양스러워'질 것이다.

필자는 이 시집의 모든 것을 해설하기에는 아직도 많은 일이 남았음을 절감한다. 하지만 이미 지면과 시간을 다 써버렸다. 필자는 독자들에게 지금까지 제작한 시의 안경을 넘겨주고자 한다. 안경이 세공되기까지의 사연과 그 기본형은 만들었으나, 이제 독자들은 그걸 참조하되 자신만의 안경을 제작해야 하리라.

여하튼 건네면서 한가지 전언을 남기고자 하니, 그것은

문득 생각난 상쾌한 깨달음이다.

   시인 김승희는 자신의 시의 유년을 끝내 보존하면서, 아
니 보존함으로써 완벽하게 환골탈태하였다.

정과리 | 문학평론가

| 시인의 말 |

열한번째 시집이다.

처음에 '진혼의 다리를 건너는 봄에 빨간 사과의 이름을 부르다'라는 제목을 생각했다. 그러다 너무 길고 부담스러워 접었다. 진혼(鎭魂)의 다리 위에 하얀 마스크를 쓴 환자들이 떼를 지어 링거병을 들고 다리를 건너며 빨간 사과의 이름을 부르는 어떤 봄의 기괴한 장면. 13인의 마스크가 도로를 질주하고 있는 불안과 공포의 시간이 인간 상실의 위기, 소문자로 쓴 타자의 위기이자 대문자로 쓴 신의 위기로 왔다. 이런 초개인적 악몽의 때일수록 사랑에의 의지와 공감하는 마음이 필요한데 소문자 인간들은 단무지와 베이컨처럼 절망과 무기력에 절여지고 오그라들고 납작해졌다. 허공에는 아직 다 도착하지 못한 진혼의 빨간 사과들이 둥둥 부유하고 있다.

사랑에의 의지와 공감하는 마음. 표리부동이 만발한 위선과 불신의 시대를 살다보니 '진실한 사람'에 대해 자주 생각한다. 진심, 욕심, 본심, 사심, 흉심, 내심, 선심, 단심, 수심, 안심, 허심, 오심…… 진실한 사람을 표리(表裏)가 같은 사람이라고 한다면 단무지나 베이컨처럼 겉과 속이 같은 것이 가장 진실한 존재일까? 단무지와 베이컨처럼 표리가 같은 존재의 헐벗은 가난이 우리를 슬프게 한다. "사람이 비밀이 없다는 것은 재산이 없는 것처럼 가난하고 허전한 일"이라고 시인 이상이 말했는데 진실과 진심의 아이러니 앞에 억눌리고 절여지고 얄팍해져 궁색한 단무지와 베이컨이 힘없는 사람의 알레고리로 아프게 존재한다. 그 예쁜 노란색과 연분홍색은 무력한 절망에 맞서는 한줄기 반항인가? 위선에 맞서는 힘이 위악뿐이라는 절망이 우리를 더 슬프게 한다.

  이 어려운 시기에 시집을 만들어 주신 창비, 박준 시인과 편집부 이선엽 님께 감사를 드린다. 졸저의 해설을 써주신 정과리 교수님과 추천사를 써주신 김민정 시인께도 감사를 드린다. 멀리 해외에 살고 있는 가족들, 해인, 우인과 은지에게도 감사와 사랑의 마음을 전하고 싶다. 모두들 고맙습니다!

2021년 4월
김승희

창비시선 457

단무지와 베이컨의 진실한 사람

초판 1쇄 발행 / 2021년 4월 30일
초판 3쇄 발행 / 2022년 5월 6일

지은이 / 김승희
펴낸이 / 강일우
책임편집 / 이선엽 박문수
조판 / 박지현
펴낸곳 / (주)창비
등록 / 1986년 8월 5일 제85호
주소 / 10881 경기도 파주시 회동길 184
전화 / 031-955-3333
팩시밀리 / 영업 031-955-3399 편집 031-955-3400
홈페이지 / www.changbi.com
전자우편 / lit@changbi.com

ⓒ 김승희 2021
ISBN 978-89-364-2457-2 03810